くたかけ

小池昌代

鳥影社

くたかけ

目次

くたかけ

装幀　緒方修一
装画　Marron（刺繍画家&アーティスト）

1　麦と佐知

海の方角に面した窓が、一斉にがたがたと激しく鳴った。

「わっ、地震？」麦《むぎ》が驚き、佐知《さち》はとっさに、キッチンに吊り下がっているペンダントライトを確かめた。少しの揺れもなく、静かである。二〇一一年の大地震のとき、麦はまだ、小学校にあがったばかりだった。そのときこのライトは、サーカスのブランコのように、大きな弧を描いて揺れた。

――風ね。

――そう、風だわ。今晩遅く、台風が上陸するらしい。

不穏な風が朝から吹いていた。それが不意に、激しくなった。佐知は台所の窓から庭の草木がびうびうとなびいているのを見る。その音は、佐知をむしばみ、佐知の全身をからっぽの筒にした。庭先の物干し台には、スポーツタオルが干してあって、世界にそこだけ色があるように、赤がめくれあがっている。

娘とふたり、ここに越してきてから三年。海辺に立つ古い家は、常にどこかしらが音をたてた。娘の学校にも近いということで、木造の二階建て一軒家を思い切って買ったのだったが、こんなに「鳴る家」とは思わなかった。お買い得ですと不動産屋は言った。なんとか手に入る中古物件だった。古びた外観はともかく、懐かしい感じの内装に惹《ひ》かれたのだったが、暮らし始めた当初はすこし後悔した。きしむドア、笑う階段、風に驚く窓枠、騒ぎ立てるガラス窓。けれど次第に家の音が、家の悲鳴にも文句にもつぶやきにも聞こえ、佐知はこんなのもありかと、逆に愉快になってきた。

前に二人が住んでいたところは、東京の築三十年の古いマンション。とても無口なおかたで、四角い顔をして頑丈で、押しても引いても、音《ね》を上げたことがない。古くても場所がよかったから、すぐに買い手はついたのだったが、その売却代金を少し手元に残して買い求めたこちらは、すきまだらけの一軒家。娘の麦は畳の和室すら初めての経験だ。

ペンダントライトとキッチンのテーブルは、前のすまいから引き続き使っていて、だから長いつきあいになる。ライトには木製のモダンな傘がついていて、その木の色が、いつのまにか渋い飴色《あめいろ》になっている。こんなもの一つでも、自分たちの生活に合うものをと、佐知は死んだ夫とともに、くたくたになるまで歩いて探し、ひとつひとつ、生活の細部を組み立てていった。若かったから、そんな事もできた。

　総じてぶらさがっているモノには、落下の予兆が呼ぶ緊張感があって、その危うさが、空間に独特の美しさを広げる。床と天井とのあいだ、不安定な中空にとどまるものは、葡萄《ぶどう》の房にしろ、室内のライトにしろ、佐知にとっては見飽きない魅力がある。今はおとなしく吊り下がってはいても、いつ吊り紐《ひも》が切れ、電球がテーブルを直撃し、食卓の秩序が破壊して家族がばらばらになっても、ふしぎはない。それでも今までのところ、紐は切れなかったし、ライト本体もまた、誰かと長い契約をかわしたかのように黙して吊り下がっている。佐知はそこに自分の心までもが吊り下げられているように感じ、何も起きていない日常を、束の間の均衡にふるえる奇跡のように思った。

　半年前、亡くなった佐知の父は、生前、このライトをひどく気に入り、佐知の家――海辺の家へ越す前の、東京のマンションのほうだったが――に来るたびに、繰り返し口にした。いいねえ、これ。ぼくはこういうの、好きなんだ。木工職人だったたから、木を見れば、目が輝く。晩年、仕事をたたんだあとは、それでなくても記憶力が弱まり、同じことを繰り返し、繰り返し話すようになっていた。いいねえ、これ。ぼくはこういうの、好きなんだ。八十九歳がつぶやく「ぼく」には、しゃれたものに目がない、古き良き東京人の、呑気な響きがあった。何かをほめることが上手な父だった。佐知はそれを、父が死んだあとになって気づいた。小さなこと、なんでもないようなこと。いいね、これ。こういうの好きなんだ。すると、「いい」と言った、その言葉のまわりに、緩やかな、あたたかい空気が渦巻いた。父が死んで残ったのは、あの声と声の周りに広がる波紋だった。いいね、これ、こういうの、ぼくは好きなんだ。誰をはげますわけでもない。ただ、ペンダントライトを好ましいと言っただけ。しかし一人の人間が、心傾け「見た」視線の跡は、雪のなかのわだちのように、うっすらと空間に残り、思い出した人間をあたたかくする。

父の作ったものは、高級な家具よりも、むしろ庶民の使う、ごく普通の机や椅子、本棚の類。まな板や簀《す》の子、風呂で使う、小さな桶《おけ》もあった。地面に生えている木も、切り取られた小枝も、製材し加工された木も、父はあらゆる木を仰ぎ、木の肌触りを楽しんだ。家の柱や生きた樹木にてのひらを押し当て、じっとしている父の姿を、佐知は今でも、思い出すことがある。子供の頃は、よく、佐知の鉛筆を小刀で削ってくれた。切ったあとの清々しい凹凸感は、同級生たちの、つるりとした削り跡とはだいぶ違って、最初は少し恥ずかしかった。自分ではうまく削れなかったし、小刀の扱いが怖かったから、削るのはもっぱら父に任せていたが、いつからかそれが、電動の鉛筆削り器に取って代わった。その頃には、佐知と父のあいだに薄い距離があき、佐知は親に言わないことを抱える、普通の少女になっていたのだろうと思う。

それでも佐知は、今でも小刀を見ると安心し、どこかに、自分を守る道具だという感覚がある。父の遺品を母から分けてもらうときも、迷うことなく小刀を選んだ。

父は佐知を可愛がってくれたが、本当はずっと男の子が生まれることを望んでいたらしい。母からそう聞かされた時、そうなんだ、と思っただけで、少しも嫌な思いはしなかった。むしろ佐知は父に同化し、自分が男の子だったらと願うことすらあった。そしてなぜか、佐知自身、女の子といるよりも、男の子といるときのほうが仲間意識を持ちやすく、女の子たちが仲良しを作ってグループになるのを横目で見ながら、そこに入れない自分を、女のようではないと感じて大きくなった。父のまなざしを受けて育つうちに、自分のなかに、男の子のようなものが育ってしまったのだろうか。自分のことを、純粋な女とも、もちろん男とも思えず、かといって中性というのでもなく、両性を行き来する性というのがあるのならば、それがピッタリ来るような気もしていた。

そういう人間に麦という女の子が生まれた。小さな子供でも、女は女。こんなことは人に容易に話せる話題ではなかったが、娘のことを可愛いと思う一方で、どこか、扱いかねる苦手意識もあった。

――風、強いね。部内戦、勝てるかな。

――球がそうとう流れるわね。

――一波乱ありそう。負けたくない。

――めったにない春の嵐よ。異常気象ね。今晩遅くに関東一帯に上陸するらしいから、ギリギりもつかしら。傘とタオル、ビニール袋も忘れないで。帰りは遅くなる?

――うん。県大会前だし。部内戦の後も練習あるし。絶対休めない。ワタシ、県大会で絶対、優勝するんだから。

――お弁当は。おにぎりならすぐ握れるよ。

――いらない、いつもみたく学食で激辛ラーメン食べる。

麦は、肩をすくめ、片方のてのひらをおずおずとさしだした。翻訳すればカネヲクレ。小銭がないから仕方なく千円札を渡す。千円札は軽く、羽が生えている。カネを受け取ると麦はくるりと背を向け、玄関を飛び出し駅へ向かう。羽が生えているのは、千円札ばかりではない。

ママのご飯、エネルギー低っ。薄味で病人食みたい、とても食べる気がしないと麦は言うのだ。男のいない家のなかは、女二人の自由区だが、どんなに防御したところで、潮に侵食され、かなものは錆び、台所の、ビニール製の床は塩でべたつく。海の塩気は、容赦がない。日々の生活を滅ぼしていく。

麦は味の濃い外食が大好きだ。家の地味な食事をまったく好まない。佐知のほうは、昼間は郵便局で働き、家にいるときはせっせとぬか漬けを作り、かつおぶしとこんぶでていねいにだしをとる。ごま、塩、油、醤油、味噌、味醂。基本の調味料には金をおしまず、遠方の産地から品質のよいものを取り寄せている。厳選された素材の、質素で素朴なむかしながらの和食。そんな食

鳥影社出版案内

2023

イラスト／奥村かよこ

＊新刊・話題作

紅色のあじさい 津村節子 自選作品集
（読売新聞で紹介）
津村節子

「季刊文科」に掲載されたエッセイを中心に、大河内昭爾との対談、自身の半生を語った中沢けいとの対談なども収録。 1980円

笙野頼子発禁小説集
（東京新聞、週刊新潮、婦人画報等で紹介）（2刷）
笙野頼子

多くの校閲を経て現行法遵守の下で書かれた難病、貧乏、裁判、糾弾の身辺報告。文芸誌掲載作を中心に再構築。 2200円

感動する、を考える
相良敦子

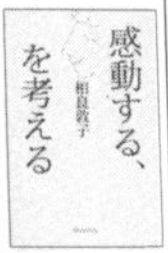

NHK朝ドラ（ウェルかめ）の脚本家による斬新な「感動」論。若松節朗監督、東大名誉教授竹内整一氏推薦。 1540円

グリム ドイツ伝説集〈新訳版〉
鍛治哲郎／桜沢正勝 訳

グリム兄弟の壮大なる企て。民族と歴史の襞に分け入る試行、完全新訳による585篇と関連地図を収録。 5940円

Y字橋
（日経新聞・東京・中日新聞、週刊新潮等で紹介）
佐藤洋二郎

各文芸誌に掲載された6作品を収録した至極の作品集。これこそが大人の小説。小説家・藤沢周氏推薦。 1760円

古代史サイエンス
DNAとAIから縄文人、邪馬台国、日本書紀、万世一系の謎に迫る
金澤正由樹

最新のゲノム、AI解析により古代史研究に革命が起こる！ ゲノム解析にAIを活用した著者の英語論文を巻末に収録。 1650円

オートバイ地球ひとり旅
アメリカ大陸編・ヨーロッパ編・アフリカ編（全七巻予定）
松尾清晴

19年をかけ140ヵ国、39万キロをたったひとりで冒険・走破した〝地球人ライダー〟の記録。関野吉晴さん推薦。 各1760円

親子の手帖〈増補版〉
（初版4刷、増補版2刷）
鳥羽和久

増補にあたり村井理子さんの解説と新項目を追加収録。全体の改訂も行った待望のリニューアル版。奥貫薫さん推薦。 1540円

マリーア・ズィビラ・メーリアン スリナム産昆虫変態図譜1726年版
岡田朝雄・奥本大三郎 訳　白石雄治・製作総指揮

A3判・上製　世界限定600部　3万5200円

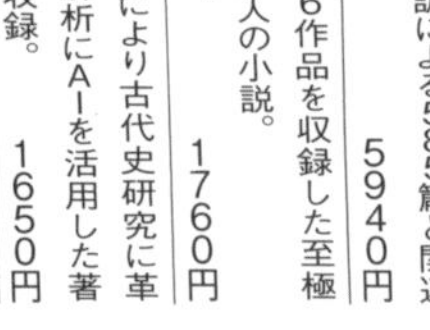

愛知ふるさと素描
河村アキラ

『名古屋ふるさと素描』に、新たに40枚を追加。愛知県内各地に残されたニッポンの消えゆく庶民の原風景を描く。

1980円

純文学宣言 季刊文科25〜90
（61より各1650円）

〈編集委員〉伊藤氏貴、勝又浩、佐藤洋二郎
富岡幸一郎、中沢けい、松本徹、津村節子

【文学の本質を次世代に伝え、かつ純文学の孤塁を守りつつ、文学の復権を目指す文芸誌】

究ほか

金瓶梅 上巻・中巻（全三巻予定）

行訳（朝日・中日新聞他で紹介）

三国志などと並び四大奇書の一つとされる、金瓶梅。そのイメージを刷新する翻訳に挑んだ意欲作。詳細な訳注も。 各3850円

竜の国—亭林鎮は大騒ぎ

寒著 柏葉海人訳

中国のベストセラー作家にしてマルチに活躍する韓寒の第6作。上海・亭林鎮を舞台にカワサキゼファーが疾走する！ 1980円

スモッグの雲

イタロ・カルヴィーノ著 柘植由紀美訳

樹上を軽やかに渡り歩く「ペンのリス」、カルヴィーノの一九五〇年代の模索がここにも。他に掌篇四篇併載。 1980円

キングオブハート

G・ワイン・ミラー著 田中裕史訳

心臓外科の黎明期を描いた、ノンフィクション。彼らは憎悪と恐怖の中、未知の領域へ挑んでいった。 1980円

藤本卓教育論集

〈教育〉〈学習〉〈生活指導〉

藤本 卓

子どもは、大人に教育されるだけでは育たない。筆者の遺した長年の研究による教育哲学の結晶がここにある。 3960円

アナイス・ニンとの対話

—インタビュー集—

アナイス・ニン研究会訳

男性をまきこむ解放、男性と戦わない解放、男性を愛して共闘する解放を強調したアメリカ作家のインタビュー集。 1980円

日本の臨床現場で専門医が創る

図解 精神療法

広岡清伸

心の病の発症過程から回復過程、最新の精神療法を、医師自らが手がけたイラストとともに解説する。A4カラー・460頁。 13200円

アルザスワイン街道

—お気に入りの蔵をめぐる旅—

森本育子（2刷）

アルザスを知らないなんて！ フランスの魅力はなんといっても豊かな地方のバリエーションにつきる。 1980円

ヨーゼフ・ロート小説集

平田達治 佐藤康彦 訳

第一巻 優等生、バルバラ、立身出世
サヴォイホテル、曇った鏡 他
第二巻 ヨブ・ある平凡な男のロマン
タラバス・この世の客
第三巻 殺人者の告白、偽りの分銅・計量検査官の物語、美の勝利
第四巻 皇帝廟、千二夜物語、レヴィアタン（珊瑚商人譚）
別 巻 ラデツキー行進曲（2860円）
四六判・上製／平均480頁 4070円

カフカ、ベンヤミン、ムージルから現代作家にいたるまで大きな影響をあたえる。

ローベルト・ヴァルザー作品集

新本史斉／若林恵／F・ヒンターエーダー＝エムデ 訳

1 タンナー兄弟姉妹
2 助手
3 長編小説と散文集
4 散文小品集I
5 盗賊／散文小品集II

四六判、上製／各巻2860円

詩人の生 新本史斉訳（1870円）
絵画の前で 若林恵訳（1870円）
微笑む言葉、舞い落ちる散文 新本史斉著
ローベルト・ヴァルザー論 （2420円）

＊歴史

善光寺と諏訪大社
神仏習合の時空間
長尾 晃

一五〇年ぶりの同年開催となった善光寺「御開帳」と諏訪大社「御柱祭」。知られざる関係と神秘の歴史に迫る。　1760円

小説木戸孝允 上・下
—愛と憂国の生涯—
中尾實信（2刷）

西郷、大久保が躊躇した文明開化と封建制打破を成就し、四民平等の近代国家を目指した木戸孝允の生涯を描く大作。　3850円

太郎と弥九郎
飯沼青山

江川太郎左衛門と斎藤弥九郎、激動の時代を切り開いたふたりの奮闘を描く、迫真の歴史小説！　2200円

五島列島沖合に海没処分された潜水艦24艦の全貌
浦 環（二刷出来）

日本船舶海洋工学会賞受賞。実物から受けるオーラは、記念碑から受けるオーラとは違う。実物を見よう！　3080円

幕末の大砲、海を渡る
—長州砲探訪記—
郡司 健（日経新聞で紹介）

連合艦隊に接収され世界各地に散らばった長州砲を追い求め、世界を探訪。二〇年にわたる研究の成果とは。　2420円

魚食から文化を知る
-ユダヤ教、キリスト教、イスラム文化と日本
川敬治（読売新聞ほかで紹介）

日本人に馴染み深い魚食から世界を知ろう！魚と、人の宗教・文化形成との関係という全く新しい観点から世界を考察する。　1980円

皇の秘宝
—さまよえる三種神器・神璽の秘密—
市

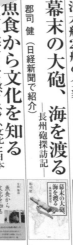

二千年の時を超えて初めて明かされる「三種神器の勾玉」衝撃の事実！　日本国家の祖、真の皇祖の姿とは!!　1650円

わが心の行方
二刷出来）（毎日新聞で紹介）

季刊文科で「物語のトポス西行随歩」として十五回にわたり連載された西行ゆかりの地を巡り論じた評論的随筆作品。　1760円

浦賀与力中島三郎助伝 木村紀八郎
幕末という岐路に先見と至誠をもって生き抜いた最後の武士の初の本格評伝。　2420円

軍艦奉行木村摂津守伝 木村紀八郎
若くして名利を求めず隠居、福沢諭吉が終生敬愛したというサムライの生涯。　2420円

南の悪魔フェリッペ二世 伊東 章
スペインの世紀といわれる百年が世界のすべてを変えた。黄金世紀の虚実1　2090円

フランク人の事蹟 第一回十字軍年代記
丑田弘忍訳　第一次十字軍に実際に参加した三人の年代記作家による異なる視点の記録。　3080円

大村益次郎伝 木村紀八郎
長州征討、戊辰戦争で長州軍を率いて幕府軍を撃破した天才軍略家の生涯を描く。　2420円

新版 日蓮の思想と生涯 須田晴夫
日蓮が生きた時代状況と、思想の展開を総合的に考察。日蓮仏法の案内書！　3850円

天皇家の卑弥呼（三刷）深田浩市
倭国大乱は皇位継承戦争だった!!　文献や科学調査から卑弥呼擁立の理由が明らかに。1650円

古事記新解釈 南九州方言で読み解く神代
飯野武夫／飯野布志夫 編　『古事記』上巻は南九州の方言で読み解ける。　5280円

生活に落ち着いたきっかけは、佐知自身が長く苦しむ皮膚アレルギーだったが、こちらに移ってからは、潮風のせいか、そうした食生活のせいか、あるいは化粧をやめたせいなのか、ひどい湿疹からはまぬがれている。ただ、こうした生活は手間がかかり、金もかかった。それゆえに自分が次第に頑迷になっていくような気もした。自然とかナチュラルとか身体にいいなどという標語を掲げながら、自分の身体にひどく意識的になることが、どうしてよろこびを生まないのだろう。そして佐知は自分の健康志向を、もう十二分にわかっていて、時々そこから解放されたいと思う。そしてとびきり悪いものを食べたくなる。たとえば油であげたスナック菓子。ポテトチップス。大量のナッツ。甘く白いクリーム。押さえている分、時々蓋があく。嫌なことがあったり、ストレスが溜まったりすると、そういうものを貪り食いたくなる。後悔するのはわかっている。後悔するために食べているようなものだ。そして予想どおり、皮膚に発疹を作る。

　麦は高校の部活で硬式テニスをやっていた。ハードな練習が毎日続くから、肉や乳製品が欠かせない。もともとそうしたものが好きな子だった。食事の量だって男子並みだ。育ち盛りに、薄味の精進料理はカワイソすぎる。そう人にも言われ、佐知は麦の言い分も少しは理解した。だから毎日の食卓には、二種類の食事が並ぶ。異なる食事は、二人しかいない家庭のなかに、異なる二種類の人間を作り出したようだ。すなわち攻撃的で積極的な人間と、万事、受け身の、おとなしい人間。運動部の麦と、文化部の佐知。勝つことを知り、そこに意味を見出す麦と、そもそも勝つことを知らず、勝つことのよろこびもよく知らない佐知。

中高一貫で大学まである神奈川の私立学校に、麦は中学から通っていた。「文武両道」を掲げた学校で、生徒の部活動はとても活発だ。麦も相当、熱心にやっている。水をささぬように言葉には気をつけてはいるが、体育系の部活動を経験したことのない佐知には、麦が過剰適応に思えてならない。どうしてあんなに熱心になれるのだろう。競いあうスポーツ系の部活動では、優勝という結果を残そうと、多くの練習時間がさかれている。学校側も全面的に応援する体制で、熱心に取り組む生徒や先生、親がいる一方、もう半分のほうからは——佐知はこのもう半分の方に入るが——スポーツは楽しむ程度にやればいい、あるいは勉強のほうをもっと熱心にやってもらいたいなどと、さまざまな声が聞こえてくる。生徒がやりたいのなら誰も文句は言えないが、その生徒の側に、実は運動部独特の「階級」が存在するので、問題はなかなかやっかいなことになる。いつも活躍するレギュラー選手の影に、選手になれない数から言えば選手よりもはるかに多い、部員とその親がいる。テニス部だって例外ではない。

しかも学校にはテニスコートが一つしかない。普段の練習からして、選手以外の部員が球を打つ機会はほとんどなく、多くが応援という名の「見学」をしいられていた。どうせ打てないのだったら、部活動は適当にして、学校外のテニススクールを第一の所属とし、自由に外の試合に参加したほうがどれくらい楽しく有意義なことか。学校を背負うからスポーツを楽しめない。部活動を休むというのがタブーに近く、応援や練習に来ないと、ミーティングで名指しされ、まっさきにつるしあげられるようだ。あーつかれる。なんか違うんじゃない？　佐知は、いくら娘が選手に選ばれても、そのことを単純に喜んでおしまいにできない。それは佐知自身が、いつも選手より補欠のような人生を歩いてきたからかもしれない。

麦には、死んだ父親、佐知の夫がテニスを教え込んだ。小学生の頃から地元のテニススクールで鍛えていたこともあって、麦はどこでも期待の星となった。中学では、ほぼ順調に選手に選ばれ、さまざまな対外試合で活躍してきた。ハードな朝練、放課後の練習、そして学外のテニススクール。麦は今も生活のすべてをテニスに捧げている。

高二になる今、成績のほうは、常に中より下をうろうろしているが、それでも大学まで続く付属一貫校だから、よほどひどい成績でない限り、どこかの学部（文系）には入れるらしい。正当な中学受験を通して娘が勝ち取った結果なのだから、学校が与えてくれる「特権」は受け取っていい。そう思う一方で、親である佐知は、罪を重ねているような気持ちにもなる。

あんたは一般受験生の大変さを考えたことある？　付属からあがってきた人間は、控えめに見ても人間が甘く、大学でも社会に出てからも、なかなか使い物にならない。それが世間のおおかたの声よ。その例外になりなさい、自分の特権にあぐらをかいてはだめ、自分に有利な札を使うときには、使うことに痛みを感じながら、不利な立場にいる人よりもさらにさらに努力しなければばいけないの。

自分の言い方の、いかにも正しいといった響きを、自分でも鬱陶しいと佐知は思う。それでも言わずにはいられない。麦は反発し、完全無視だ。そんなとき、天井から夫の声が聞こえてくる。

〈いい加減にしておけよ。娘の通う学校なんだから、悪口はほどほどにな。麦が努力したことを、まず認めてやれよ。特権の端っこでも握った人間には、そのことの自覚と慎みは必要だが、痛みまで感じろというおまえサンの考え方は、ちょっと厳しいんじゃないか。そんなこと言っても、麦にはわからないよ〉

夫は穏やかな性格だが、すべてものごとを荒立てない分、改革者にはなれなかった。佐知はけれど、夫のそんなところが好きだった。付き合い始めた頃、「男の子みたいだな」と言われた、その一言で、佐知は自分が理解されたと思った。夫とはだから、仲間のようだ。男と女ではない。だが夫は佐知に女でいてほしかっただろう。そのことを夫にわびたいような後ろめたさを、佐知はいまだに抱えている。

その日、暴風の吹き荒れる部内戦は、麦の言うとおり、大荒れに荒れ、結局、総当たり戦で、麦は後輩に破れ、三位に屈した。佐知は上出来だと思うが、麦は不貞腐《ふてくさ》れ、荒れた態度で帰宅した。負けたことを心底悔しがる娘を、佐知は不思議な生き物を見るように眺めやる。どう慰めていいのかもわからなかった。

翌日、台風は去り、近くの海岸には、さまざま、見慣れぬものが打ち上げられていた。流木や石、貝や死んだ魚。ビニール袋の類。海辺の定位置はかき乱されて、いつものところにあるべきものはなく、あるはずのないものが、そうしておびただしく打ち寄せられていた。海の面は、何事もなかったかのように穏やかだった。それでも水の色は少し濁って、波の下にいきづくものたちを不透明なうちに隠していた。

寒暖の差の激しい数日が過ぎ、春らしい陽気が続いていたある日、佐知の携帯に、学校から連絡が来た。突然の連絡に良い連絡があるはずがない。聞けば麦が、部活動で負傷し、病院へ向かっているところだという。電話口の相手は事務員ですが、と言い、命に別状はありませんから心配なさらずと告げた。佐知は勤務中だったので、すぐには抜けられず、結局、だいぶあとになって、病院に駆けつけた。

処置は終わっていた。左目に包帯をまかれた麦が、病棟の処置室のベッドに寝かされていた。眠っているようだ。その傍らには、二人の男性の姿があった。

――お世話になりました。

そう言って入っていくと、

――あ、麦さんのお母さん。目にね、ボールがあたっちゃって。今、休んでいますからお静かに。

メガネをかけた、歴史を教えている、テニス部顧問の緑山先生だ。もうひとりは医師のようで、

——眼球打撲です。いや、ご心配になさらずに。目の周りがあざになりますが、やがて消えていきます。嘔吐はないし、目に出血が出ているわけでもない。しかし目はね、少し注意をしておく必要がありますよ。数日入院していただき様子を見ることになります。手続きなどはあとで看護師が説明しますから。

部内戦のさなか、相手の打った球が麦の左目を直撃したのだそうだ。子の痛みを想像すると、それだけでもう、自分の目まで痛い。

入院した翌日の夕刻には、球を打った生徒が親と共に見舞いに来た。佐知も同席したが、途中、女子生徒が泣き出し、その子のお母さんが、「テニス部のエースにこんな怪我をさせてしまって、どうお詫びしたらよいか」というので言葉を失った。手には大きな果物の籠があった。「スポーツをやっていれば、こんなこともありますよ。どうか、気になさらず」。佐知は物分りのいい母親を演じながら、さきほどから麦が無言でいることが気になっていた。客観的に眺めれば、麦は気の毒な被害者というところだが、実際はどうなのだろう。テニス部のエースという、そんな絶対的地位に、麦はいたらしい。佐知自身とは無関係の話だが、その娘の親というだけで、目の前の親子は、佐知に頭を下げていて、自分もまた、高いところから、謝罪している人間を見下ろし

ていた。

傷ついた強いエースと傷を負わせた弱い選手。二人の間には妙な壁がある。麦は黙っていた。女子生徒も黙っていた。麦からは、見舞いに対する礼も、労《いたわ》りの言葉も出なかった。その態度は、見ようによっては傲慢にも、相手への非難にも見え、いたたまれない空気がその場に広がっていた。へえ、この子は、こんなふうに、同じクラブの、同じ学年の生徒に対するのかと、佐知は初めて自分の娘を見た。こちらが負傷したとはいえ、麦の態度は感じが悪い。友達にもあまりなりたくない。それが自分で産んだ子であることに、佐知は内心、動揺していた。

数日後に出た検査の結果は良好で、麦には今のところ、痛み以外の、異常な後遺症は認められなかった。にわか知識をネットで仕入れ、最悪の場合は、「網膜剝離」で「失明」になると覚悟していた佐知は、とりあえずほっとして強気になった。そうよ、麦が失明なんて、するわけがないじゃない。そう思うと、心配していたことも忘れてしまい、もう最初から、何事もなく回復するのがわかっていたような気持ちになった。

包帯を外した麦のまぶたは、最初、赤かったのが、紫になり、青みがかってきて、今は、黄色っぽく変化してきている。

退院の日、佐知は半休をとり、麦につきそった。痛みはもう、ほとんど引いているようだ。麦は事故のあと、少し変わった。口数少なく、家へ帰れるというのに、うれしそうでもない。二人は黙って家への道を歩き続けた。麦を先に歩かせ、後ろから佐知がいく。麦の髪は、肩に触れるくらいの長さに伸びていた。がっしりした肩のラインは、テニスプレイヤーらしい、いつもの麦だが、入院中、テニスの話は一切、出なかった。

佐知は麦の、ほどよく筋肉のついた、たくましい後ろ姿を眺めながら、ふとアンドリュー・ワイエスという画家が描いた、ヘルガという女の絵を思い出していた。長い年月、画家は妻にも打ち明けずに隣人だったというヘルガを描き続けた。ヘルガはどことなく麦に似ていた。麦に似ているということは、どこか佐知にも似ているのだろう。何が、どこが似ているのか。化粧気のない、素朴な外貌は似ているように思う。いや、似ているのはむしろ外見より中身か。ヘルガという女性の性格も知らないくせに、佐知はヘルガの輪郭やまなざしから、飾らない性格や意志の強さを勝手に感じ取り、自分の仲間であるような近しいものを感じていた。どちらかというと男性的なひとだだと思う。絵の筆致は、繊細極まりないものだが、ヘルガの内面は、そんな絵の表面を、突き破って出てくる。それはどちらかというと、野蛮な力。繊細は繊細でも、野の草の匂いのするたくましい繊細さであった。

ヘルガは頭に雨のしずくを受けながら、傘もささずに歩いていくだろう。

ヘルガはものをしっかり考え、あまり人には相談しない。

ヘルガのなかで常に結論は先に出ている。

ヘルガの決意はいつもぶれない。

そして、結局は、ヘルガの出した結論が、大方は正しい。

ヘルガは受け身に見える。けれど、
ヘルガは、自分の運命をどっしりと受け止め、そして牛のような歩みで、前進していく。

ヘルガは後悔することが少ない人生を送った（わからないが、佐知はそう思う）。

ヘルガはへこたれない。

ヘルガと麦と、そして自分自身を重ねながら、佐知はなんとしても、麦を支え、前に進んでいかなければならないと思う。

麦が運ばれた病院の先生は、さきほど、佐知の目を見ながら、丁寧に説明してくれた。「若いから回復力も早いですよ。今は治療技術が進んでいますから、今回のことも心配はいりません。ただ、定期的に眼科に通って、視力検査と眼底検査をしばらく続けたほうがいいです」。新聞報道で見た、ｉＰＳ細胞のことがふと頭をよぎる。そうだ、医療技術はめざましく進歩している。何かあっても、きっとなんとかなる。

麦は翌々日には学校へ行った。身体的には何の問題もなかったが、目のまわりにはまだ、痛々しいほどのあざが残っていた。それを隠すため、大きめの黒い眼帯をつけていく。病院でもらったものだったが、たまたま白いのが、切れていたらしい。黒い眼帯はそれだけで目立った。だが麦は嫌がるわけでもなく、文句も言わなかった。自分の眼帯の色は、自分で見ることができない、嫌がったところで無意味だと言う。そりゃそうだ、と佐知は思い、何か微妙なところで、麦が変わったように思う。今までは、人からどう見られるのかを必要以上に気にする子だった。

赤から紫、そして青から黄色へと、よくなるたびに変化してきたあざが、次第に薄れて目立たなくなった頃、夏が来ていた。遠くに見える海の青が、陽を受け、眩《まぶ》しく輝いていた。佐知がバラバラと庭に野放図にまいた種は、西洋朝顔だったり、日本の朝顔だったりしたが、それがいつの間にか、本葉をつけ、中には蔓《つる》を出し始めたものもあった。巻きつくものを用意していなかったから、蔓は不安げに宙を泳いでいた。それを見ながら、佐知は、後で、後で、と思い、蔓の巻き付く棒をなかなか用意しなかった。何かを求めてさまよう不安げな蔓の先を、佐知はもう少し見ていたいと思った。

事故から四ヵ月、いつテニスを再開してもよかったが、麦はなかなか、ラケットを握らない。

——無理することはないわ。気持ちがなくなったのなら、やめてもいいのよ。

——パパにあれだけサポートしてもらって、それでやめるって、さすがに悪いと思う。けど気持ちが乗らないいんだ。

——当然よ。あんな怪我をしたのだから。だけどパパに悪いだなんて、そんなふうに思わなくていいのよ。靴やラケットはとっておけばいいじゃない。やりたくなったら、またやればいい。部活はどうする？

——やめることになるだろうな。もう、わたしの場所はない。

慰めながらも、佐知にはわからない。運動部の経験が全くない佐知は、麦の感じ方が、いささか大袈裟《おおげさ》なのではないかと思う。いつも勝ち続けることなどできないのだから、今度の怪我を通して、選手になれない者の気持ちが少しばかりわかったはずだ。そしてそれは、悪いことではないと思う。

麦は、その後も、テニスに対してついに前向きになることはなかった。そしてその言葉どおり、テニス部を、いや、部活動そのものをやめることになって、授業のあとは、即、帰宅組になった。あれだけ打ち込んできたのだから、他にやりたいことなど簡単に見つかるはずもない。親の佐知まで、途方に暮れた。テニスにつぎ込んできたお金は膨大なものだった。簡単にやめるとは言ってほしくないくらいのものだが、それを言ったら麦を追い詰めることになる。テニスシューズ、ラケット、ウェア、ガット張り、テニススクール代金……。父からもらっていた生前贈与と、亡き夫の、こちらもわずかな遺産がなければ、とうてい、ここまで麦をサポートしてやれなかった。

今、テニスをやめた麦は、もはやかつてのような積極的な目の輝きを失い、毎日、早い時間に誰もいない家へ帰ってきた。それまではシングルの主軸選手として、大会には必ず出場し、それなりの成績を収めて学校の名を高めてきた。

やめると告げると、さすがに皆驚いたようだが、遺留されることもなく、見送られたらしい。そういうつきあいかたを、麦のほうもしていたのだろう。麦が抜けて、チャンスがめぐってきたと、喜ぶ生徒がいたかもしれない。個人競技の側面が強いテニスは、サッカーなどのチームで戦うスポーツとは違う。組織の結束や友情など、あってないようなものなのかもしれない。

仕事を終えた佐知が、いつものように帰宅すると、麦はたいてい自室にこもっていて、家全体が静まり返っている。ノックして、部屋のドアをあけると、たいてい麦はスマホをいじっていた。時々は、ベッドに仰向けになって寝ていることもあった。見れば、寝入っているというわけでもなく、目は開いていて天井を見ている。

——麦、ご飯にしよう。

いっしょに作ろうと呼びかけると、あれだけいつも、お腹をすかせていた麦が、まるで食いついてこない。

——ママ、まぶたを閉じると、闇のなかから飛んでくるの。だから目をつぶれない。

——何が飛んでくるって？

――球よ。テニスボール。あの黄色い球が、物凄くすばやく、向こうからズバッとこっちへ飛んできて、まなこが一瞬のうちにえぐられてしまうような気がするの。起きて、目を開けていればそういうことはないの。まぶたを閉じたとたん、闇のなかを飛んでくるのだから、ワタシ、目を、ずっと開けているしかないわけ。自分を見張ってずっと寝ないのって、スゴク苦しい。

何を言っているのか、わからなかった。事故の後遺症が今頃になって現れたのか。麦は明らかに幻を見ていた。

いつも寝たりないような状態で学校へ行くので、昼間は朦朧《もうろう》としているという。そして目を開いている間が平和かといえば、それはそれで大変で、空中のゴミやちりが、やたらちろちろと視界に入ってきて、まばたきが頻繁になるらしい。光も、ひどくまぶしいと。

驚いて、学校医に予約を入れ、数日後、本人を伴い、面会した。おじいちゃん先生は、「のろじい」と生徒たちから呼ばれている。のろのろの「のろ」でなく、野呂という名だ。本校の学校医を、若い頃から勤めている。その、のろじいが、麦のいないところで、佐知に告げたのは、

――いやなに、麦さんは、授業中、しっかり、まぶたを閉じて寝入っているようです。先生たちはとっくに気づいて様子を見ていたらしいんですよ。本人は、まぶたが閉じられないと言っているようだが、それはおそらく、実際とは少し違う。麦さんがまったく寝ていないというわけではないようですな。ただ、通常の就寝時間が、だいぶ狂っている。それについては深刻です。事

故がありましたでしょう、あのときは心配しましたが、後遺症もなく、短期間で退院された。ケアが十分ではなかった可能性がありますなぁ。いや、目のケアではなく、むしろ精神的ケアのほう。検査しましたが、目の異常はないです。勉強のほうは、なんとでもなるから、今はしっかりお休みなさい。

——あの、本人には、どう対処すれば。

——ぼくからも言うけれどね、本人が目を閉じると、ボールが飛んでくるって言うんだ、そう思い込んでる。そんなことはないと、いくら否定してもだめ。それはそれとして認めて見守るしかないですよ。なに、実際は体内時計が狂ってるだけで、睡眠は取ってるんだから、落ち着けば治ります。テニスに変わる、何かが見つかるといいですなあ。

優しい物言いだったが、具体的な策もなく、以後、かかったさまざまな医者も、似たり寄ったりの反応だった。麦の自覚症状は改善されることもなく、相変わらず、奇妙な覚醒状態に置かれているようだった。

2　蟹が泡を吹く

佐知に電話がかかってきた。

――小磯です。

――あ。ご無沙汰しています。父のときはどうも。

――その後、どうです、元気にやってますか。

小磯の肩書は指圧師ということになっている。指圧の他にもいろいろなことを手掛けているようだが、その具体的な内容を佐知は知らない。晩年の父を、指圧・マッサージと世間話で癒してくれて、おかげで父の被害妄想が消えた。認知症ギリギリの症状が出ていたから、母も佐知もありがたかったのだが、性格に独特の臭みがある人で、佐知はどうも苦手だった。指圧と聞いて、最初は佐知も怪しみ、とんでもなく高い施術代を取られるのではないかと覚悟していた。だがそれも、相手を見てのことなのか、結局、父の施術代も、取ったり取らなかったりで、最期を迎えた。小磯は実にカンが働く。経済観念の働く母が、マッサージ代に多くを払えないということを察知したのだろう。母が何も言わないうちから、代金のことは気にしなくていいからと言い、実際、そうだったので、母はすっかり小磯に取り込まれていた。佐知が何か批判すると、悪い人ではないと、母はいつも小磯をかばった。

一体いつから、彼が来るようになったのか。きっかけは母に聞いてもはっきりしない。気がつくと、家に来ていた、と言う。そんな馬鹿な。佐知はびっくりしたが、それくらい、人の懐に入り込むのが自然でうまいのだろう。ひょろっとしていて、顔が鹿っぽく、身軽な物腰が、先頃亡くなった落語家の十代目・柳家小三治を思わせる。

父の生前、実家に行くと、結構な確率で、小磯がいた。図々しいが人懐っこいところがあり、愛想がいいわけでもないのに、いて、邪魔ではない。子供が出ていって、若い人の手のない高齢者宅などで、小磯はずいぶん頼りにされているようだった。

――ずいぶん、久しぶりですね。

――お母さんのとこには、今も時々顔を出してますよ。お父さん亡くなって一年くらいになるのかな。夫婦の片方が亡くなるのは寂しいもんですからね。こういうのは案外、娘にもわからない。ああ、お嬢さんも、旦那さんを亡くしていたね、その辺りの機微はわかるでしょう。だけど、お母さん、寂しがってたよ。あの子は仕事もあって、なかなかこっちには来てくれないって。お嬢さん、引っ越しされたんですねえ。一人娘だし、洞門《どうもん》って旧姓に戻したって聞いて。それで調べてみたんです。番号案内で、こちらを教えられて。市外局番から察するに海辺の町ですな。どちらです？

――清水町です。

――何丁目？

――五丁目ですが。

――ほお。やっぱり。だいぶ近いです。

――近いって？

――ぼくのうちと。診療所を兼ねています。

――えっ、この近くにお住まいですか、それは知りませんでした。

佐知の父の切りもない話を、実に辛抱強く聞いてくれた小磯。ときどきは本業の指圧・マッサージの施術も行ってくれ、骨と皮ばかりになった父の体を、気長にさすり、もみほぐし。まさに手による手当てをしてくれた。娘の佐知にもできないことだった。

父の死後、佐知が電話で礼を言うと、小磯は「看取り師」という言葉を初めて出した。自分は指圧師と言うより、もっと広いことを行う「看取り師」だと。なに、大それたことではありません。ぼくはその、人間の最後を、ほんの少し、幸福に演出してあげる。そんな気持ちでやってるだけですよ。そう言ったときの小磯の声には、何か少し弾むようなものがあった。

——番号を見たときからね、ありゃあ、お嬢さん、ご近所さんになったのかなと。それでお電話してみたというわけで。迷惑ですか。ぼくは関東一帯、いろんなところに患者や知り合いがいてね、これでも結構声がかかるんですよ。どこへでも飛んでいく。何かご要望があれば、お宅にも、いつでも参上しますよ。なんてったって、近いんだ。それにお父さんの代からのご贔屓《ひいき》ですからね。特別割引で。

——わたしはまだ、マッサージはいらないです。それにまだ、死にそうでもない。

看取り師という言葉を思いだして言うと、電話の向こうで、小磯が黙った。

——今だから言いますが、お父さんとのつきあいには、半ば、個人的な思いもあるんです。親不孝を重ねて、自分の父親を看取ることができなかった。お父さんを見ていると、ついおやじを思い出して。もちろん、おやじは、あのお父さんには、はるかに及ばない、駄目な、だらしのない人でしたがね。ひどい親でも親は親で。他人さまの親で、てめえの親不孝を解消しようだなんて、調子のいいことを考えたもんだが、お父さんとは気が合いました。

——そうでしたか。わたしと父は、近いようで距離がありました。

——娘と父はね、難しいもんです。気持ちはあっても表現ができない。特にお父さんの世代は。そんなんで、ぼくなんかには、気を許してくれたんでしょう。東京下町の大空襲の時、お父さんは中学生くらいだったんでしょう？　逃げ惑い、お寺の境内で命拾いした話を、何度もよく聞きました。

——繰り返し、同じ話を、すみませんでした。

——いやいや、これが何度聞いても、面白くて。

えっ。そうか。本当にそうか。話半分に聞いているような、うつろな顔の小磯を佐知はいつか、実家で見たような気がする。しかし小磯が、手をさすり、マッサージや指圧を施し、形だけでも話を聞いてくれるだけで、不思議なことだが父の妄想は消え、心が安定し、笑顔も増えたことは事実なのだ。小磯には、目には見えない、治癒力のようなものが確かにある。怪しみながらもその点だけは、佐知も認めざるを得なかった。

父が死んだあと、小磯は葬式にも通夜にも現れず、だいぶたってから佐知に連絡してきて、実家の仏壇に手をあわせてくれた。香典も線香も持ってこない。身一つで来て、父の話をして帰った。

——そうそう、この間、ふっと思い出した話があったんだ。お父さん、ダンディで素敵な人だったからさ、色っぽい話をたくさん引き出そうとしたが、口が堅かったなあ。上品な人だったしね。だけど、一人だけ、ついに告白したんだよ。え？　聞きたい？　お嬢さんもお母さんもいないときだった。俺だけにね。なんでも長いつきあいだっていうじゃない。写真見せてくれたけど、ああいうのが趣味なんだね。ちょっと意外だった。あんたとも、お母さんともまるで違うタイプ。女の話で、すっかりもりあがっちゃった。

佐知は黙った。初めて小磯から、「あんた」と呼ばれた。話の内容も不愉快だったし、ほんとか嘘か、わからない。嘘だと思う。思いたい。

父が生きているとき、佐知はその父を介して小磯に接し、だから呼称も「お嬢さん」だった。父というつっかえ棒がなくなった今、佐知は小磯とじかに向かい合っていた。その恐怖が、「あんた」を通して、佐知に届いた。

小磯の声を聞いているうち、佐知には、電話口の向こうに、彼の特徴のある口元が思い浮かんだ。夢中になって話しているとき、よく、小磯の口の端から、白い泡状になった唾液が、蟹のようにブクブク溢れてきた。自分でもわずらわしいのか、時々、それを拭いながら話す。笑った口は黒い闇、闇の中に、虫歯の治療あとが残る奥歯が並んでいた。なぜ、そんなことを覚えているのだろう。それはコールタールのような黒々としたもので、見た時、なぜかゾッとしたのだ。そして口の中央部には、苔《こけ》に覆われた古代魚のような舌が。それを佐知は見たわけではないだろう。そう、見たわけでもないのに、苔むした舌の不気味なイメージが、小磯という名前に付着している。その舌はぺらぺらとうごめきながら、いつだって嘘とホントを巧みに繰り出していた。

小磯が見たという女の写真は、まだ実家のどこかにあるのだろうか。見つけられたら困るようなものを、家のなかに隠して死んだ父。美しいものが好きだった粋な人は、最後、持て余してしまうような、おもいがけないのりしろを残した。信じきれない佐知は、全てが小磯の演出した、芝居なのではないかと思う。死者は口を封じられていた。その死者の口を借り、嘘をはかせたとしたら、とんでもない冒瀆《ぼうとく》を小磯は犯したことになる。佐知は傷ついていた。

――確か、お嬢さんがいらっしゃいましたね。

――ええ、テニスをやっています。

麦はテニスをやめたばかりだったが、佐知の口から嘘が出た。そしてお嬢さんという呼称が今、佐知から麦へ、たやすく移ったのを確認した。

――そいつはいいなあ。ぼくも昔、やっていました。ただね、スポーツって怪我するんですよ。テニスだって例外じゃない。お嬢さんは、そんなことないですか。ぼくなんか、足の骨を折ったり、目にボールが飛んできたりで、あやうく失明しかけました。母親が過保護で過剰に心配してね。技術をつけさせようと、ぼくを指圧の専門学校へやったんです。

――今、まさにその技術に助けられてるじゃないですか。

――ええまあ、そういうわけで。最近は、若い子の、スポーツ関連の負傷から、高齢者の看取りまで、とにかく何でも対応してます。その看取り業のほうが、あたりましてね。あたったってのも、変な話ですがね。ああ、このあいだ、夢にお父さんが出てらっしゃって。

——はあ。

——お孫さんのこととあんたのことを、やけに心配していましてねえ。おせっかいだが、どうなさっているかと。

——まあ、夢にまで見てくださって。でもわたしも娘も、いたってなにごともなく。

しかし本当だろうか。夢に父が現れたというのは。そして小磯の目をかつてボールが直撃したというのは。佐知は黙った。すると蓋が開いたように小磯が饒舌《じょうぜつ》になった。

——なにごともないなら、それはよかった。お父さんも、あの世で一安心だ。今夜、夢のなかでご報告しておきますよ。本音を言えば、ぼくのほうが不安でね。あんたでも、お嬢さんでも、何かあったら、直ぐに連絡してくださいよ。番号、履歴に残るでしょ。念のために言っておきましょうか。ははは。

なおも黙っていると、電話口の向こうで、小磯が自分の携帯番号を告げた。いいですか、もう一度言いますよ。念を押す声がして、佐知は操られたように、思わず、メモ用紙を引き寄せていた。

3　赤ネズミ

数日後、こちらから電話もしないのに、夜、小磯が家にやってきた。いきなりだった。やっぱり来た。佐知はあまり驚かないでいる自分に驚いていた。やって来るとわかっていた。小磯とは、そういう男だ。佐知の勤務時間まで把握していたのか、帰宅して一息ついたとき、絶妙のタイミングで家の引き戸がたたかれた。この家は、内装こそ和洋折衷だが、外観は古民家風で、玄関扉もドアでなく、胡桃《くるみ》の重い引き戸である。呼び鈴があったが、それは使われず、小磯は戸を、ガンガンとたたいた。

かつての小三治は小太りになっていて、別人が来たかとも思われたが、そしてもしかしたら、本当に別人なのかもしれないとすら思ったが、男は愛想のない真顔で、小磯ですと言い、ああ、お変わりありませんねえと、佐知の目を見て笑った。

外の草むらから、夏かと一瞬、錯覚するような、さびしげな虫の声がしていた。小磯は額に汗をかいていた。ご近所さん、と言っていたが、長い道のりを来たように思った。

――だいぶ、遠かったのではありませんか。

――いやなに、足がすっかりダメになって。引きずるようにしか、歩けないんですよ。必死に歩いてきたもんだから。距離にしたら近いのに、思いの外、時間がかかっちゃった。

一人、この家へ向かって、必死に歩く小磯の姿が思い浮かんだ。父の介護で世話になっていた頃は、足の不調はなかった。玄関に招き入れると、片足を庇《かば》いながらのぎこちなさもあって、かつての軽妙さが、なりをひそめている。いらっしゃいも、ようこそも、どうぞ、お上がりくださいも、使いたくない佐知は黙っている。黙っているのは昔から平気だ。間が悪いということもない。話すことが何もないときは、無理に喋らず、黙っているのがいい。小磯を見た。小磯もまた、黙って佐知を見た。双方、少しの間、にらみ合うことになった。

なぜ、来たのよ？　不躾《ぶしつけ》に聞いてみたい。なぜ、来たのよ？　なんで？

だがその言葉は出てこない。言葉の代わりに、佐知のなかから暴力のような力が溢れ、小磯の胸を突いても、おかしくはなかった。突けばそのまま、地面に倒れこむ小磯、頭を打つ小磯、血を流す小磯。その小磯を足蹴にし、踏みつける女、佐知。

――いいお宅じゃないですか。ぼくはこのへんに長いから、大体の不動産相場はわかります。あんた、たいしたもんですよ。この辺りじゃ、中古の建売も安くはない。いい物件を見つけましたね。

佐知のなかで沸騰したものの気配にまるで気づかぬというように、小磯が言った。小磯という人間は昔からそうだ。計れぬほどに図々しい。こちらが怯えたり、怖がったりすると、かえってそれを面白がる。嫌われても、びくともしない。そして、いきなり距離を縮めてくる。自分に対する人の嫌悪や悪意を、喜んで食べて太って生きている。佐知にはそれが、うっすらわかっていた。死んだ父は穏やかな人間だったと会った誰もが言うが、こんな小磯とどう付き合っていたのか。

もっとも、父は、人の悪口をあまり表現しなかっただけで、その実、人間の好き嫌いは強く持っていたし、危ない人間もよく見極めていた。ニコニコと対するので、多くの人が父を甘く見る。そして用心を解く。若かった佐知は、時折、父がバカにされているように感じ、職人なら、もっと無愛想に、頑固に、自分を貫いてもいいのにと思っていたのだった。そして気づくと、娘の自分まで、率先して父を軽んじたりもしていた。

死んでみると、軽んじていたその人が、じわじわと存在の重みを増し、軽んじていた自分のほうこそが軽薄なものに感じられる。

父はよく言った。

〈甘く見られて上出来、商売やるのに、用心されちゃあ、どんなにいいものを作っても、気持ちよく物を買ってはもらえないよ〉

小磯は、父のそういうところに甘え、つけ入っていたのではないか。そう考えると、父が単純に、小磯に感謝して死んだとは、とても思えないのだ。佐知はハリネズミのように、全身にトゲをはり、小磯と今、対峙していた。自分は相当に感じが悪いだろうと思う。

——これもね、お父さんの繋いでくだすった縁と思いますよ。ぼくも齢を重ねました。いきなり来てお邪魔でしょうが、少しだけ、お話しさせてもらってもいいでしょうか。

断れずに体を引くと、引いたぶんのところに、影のような熱が素早く入りこみ、それが膨らんだかと思うと、次の瞬間には、当然至極というように玄関から家へ上がりこむ、小磯という男になった。

この中古の一軒家には、ヤモリが住み着いていて、時々、するりと柱などを登って行くのだったが、小磯の入り込みかたは、それにそっくりだ。そっくりだが、意味はまるで違う。ヤモリは家守。その名のとおり、家を守る。だから佐知も、ゴキブリやコバエのようには、退治しない。見逃している。けれど小磯は家の守り神ではない。逆に疫病神。

父の最後を、安らかなものにしてくれたのだから、その点では、確かにコバエのようには簡単に追い払えない恩義があるだろう。だが佐知は、実家に常にいたわけではないから、目に収めたのはごく一部。自分でも、その恩とやらを持て余している。

近くで見ていた母に、小磯の印象を語ると、母は決まって温厚にかばった。

――まあねえ、あの人も、精一杯なんじゃないの。家族があるわけじゃなし、寂しいでしょうし。だから他人の家族の中に入って、感謝されるのが生きがいなのよ。いいじゃない、お互い様よ。あたしもお父さんの時にマッサージをやってもらったけど、膝がそれですっかり良くなるわけじゃない。一時的に血行がよくなって、良くなったかと錯覚するだけでね、また痛くなるのよ。東洋医学なんて、そんなもんでしょ。あの人はとにかく薬を毛嫌いするの。そんなものを飲まなくても、身体は健康になれるって。こっちも薬を飲みたくないから、ちょうどいい。東洋医学、西洋医学、どっちでもいいけど、あたしくらいの歳になるとね、誰にも期待しないのよ。病を誰が治してくれるというの。治せないわよ。誰も。葬式？　死の儀式？　どっちも要らない。あたしの時はやらないでいいわ――。

居間に案内すると、もう話は全て終わったようにも感じ、佐知はまたもや、おし黙った。どんなにか感じが悪いだろうと思うが、話がない時には黙っていればいい。佐知のほうも相当に図々しいものを持っていた。

仕方がないというように小磯が喋り出す。

――最近は、こんなぼくでも、結構多くのファンがいてね。

小磯は「ファン」を、不安そのもののイントネーションで口にした。佐知は目だけで、へえ、と相槌《あいづち》をうつ。

――指圧をやっても、大きく急には治らない。けれども、小さく変化していって、ある日、気づくと体の組織が変わっているんです。そんな風に感じる人が多いようですよ。痛い、痛いと言いながら続けてみる。すると何かが違ってくる。そう感じた人が、次の患者さんを連れて来てくれるんです。だから一切、宣伝料なしですよ。

――いいじゃないですか。

佐知は相当のトゲを込めて応答した。

――まあねえ。だけどぼくのほうがボロボロです。いつ死んでもおかしくはない。他人の体を癒すって、そういうことですよ。

しかし小磯は、そう簡単には死なないだろう。佐知は絶対的確信からそう思った。人は死ぬ。しかし小磯の場合、それは今ではないし、ここ数年でもない。そんなことを決めることも冒瀆に違いなかったが、小磯は生きていて佐知も生きていて、生きているからこそ、嫌悪感が募ったり吸い寄せられたりする。ならば人が死んでしまえば、その人に対する感情も消えるのか。感情だけは、宿る場所をなくして、この世をしばらくさまようのではないか。佐知はむかし、憎んだ人や嫌った人を思い出し、死んでも消えない感情があるような気がした。

――小磯さん、指圧・マッサージという看板を掲げていらっしゃるようですが、指圧とマッサージは違うでしょう。小磯さんは、どっちなんですか。

――そうねえ、ぼくのはどっちかといったら、指圧ですかね。つぼを押しますから。でも、マッサージ、いわゆる人の肌に触れてもみほぐすっていうのもやりますよ。どっちでもいいんです。按摩《あんま》というのもあるでしょう。整体というのもはやってる。大きな意味じゃ、人の身体、特に死にゆく人の身体を整えるんだから、看取り師兼整体師を名乗ってもいいんです。

――なんでもあり。なんにでもなれる。

――そう言われると妙に聞こえる。その人にあわせた、オーダーメイドの施術をするだけですよ。みんな違うんだから。


佐知は腰を浮かせて居間から台所へ移動する。忌々しいが、小磯に茶をいれようと思う。湯を沸かすかたわらで、茶筒を傾け、緑茶を筒の蓋に受け、それを急須の中へふりいれる。沸いた湯を静かに注ぎ入れた。茶葉が開くのを待っていると、自分がこれから悪いことをするような気持ちになる。

ポットから急須に、急須から湯のみ茶碗へ。湯が青緑の色を帯び、透き通りながら、茶碗の内側の白を満たす。

ああ綺麗だ。透明でなおかつ色をもつもの。なんという美しさか。悪も毒も忘れて、佐知は見惚れる。色が好きだ。こういう綺麗な色を見るために生きているような気がする。空気にふれ、光の中をとおって発色し、佐知の目に今、届けられている生まれたての薄緑。

しかし、その美しい液体を、盆に入れて小磯へ運ぶ佐知は、自分でも知らない「毒」を小磯へ黙って運んでいる、ような気がする。それを素直に飲んだ小磯に、なんらかの害悪が及ぶ、という妄想をどうしても拭えない。茶を入れる自分の姿が、すべて善なる清らかなもので包まれていた時代が、はるか遠い昔のような気がする。今このとき、茶をつぐ方も、つがれる方も、互いに相手を信じていない。信じない心は、底が見えず不透明だ。しかし小磯は佐知に愛想がよい。

――ああ、すみませんねえ。お父さんもお茶が好きだった。お茶、お茶、と、よくお母さんを切りもなく立たせていたのをよく覚えていますよ。悪いと思いつつ、ぼくもお茶は好きで。お茶そのものも好きなんですが、お茶の出てくる気配が好きなんでしょうなあ。ぼくは団欒《だんらん》というものを知らないのでね。

小磯に用心を解いたことはない。しかし、違和感を忘れないまま、その人と付き合い続けるということを、佐知は今までもして来たような気がする。すると、ぼくもそうだった、と言う声が天井から聞こえた。父のような、父でないような。

ふり返ってみると、佐知はよく、「なんであんな人と付き合ってるの?」と人に言われるような男の人とも平気で付き合ってきた。そのあんな人とは、たいてい傲慢で人に嫌われていた。しかし嫌われていることを、自分でもよくわかっていて、そんな自分をどうすることもできないという人々だった。その哀しみがわかると関係を切れなかった。

　付き合いをやめたほうがいいと、そうアドヴァイスしてくれる人は、そんなことを言うことで、佐知と自分だけは、嫌われているその人と全く別の世界の人間であることを確認し絆を深めたいようだが、実はそのどうしようもない人々のなかのほうにこそ、佐知は常に自分の分身がいることを感じ、逆にそこに線を引こうとする「正しい」人々に違和感と疲労感を覚えた。それを思えば、今、目の前にいる人は、佐知の仲間なのかもしれないのだった。自分の考えにゾッとしながら、小磯を見る。観察する。

　小磯は上等のお茶を飲み終わると、あんまり長居してもあれだし、と、それだけ取り上げてみれば、非常にまともにも聞こえるセリフをつぶやき、ソファから腰を浮かせた。

　だが、あれだし、という言葉の、あれとはなんなのか。あれと呼ばれたものが、空中に、収まりどころをなくしてふわふわと浮かび上がり、汚染物質のように嫌悪感を広げる。

　その時、天井から、ぎしぎしという家具の擦れるような音がした。

　――あれ、ネズミでもいるのぉ？

　のんきに聞こえるが、探っているような声音だ。

　――ネズミはネズミでも、厄介な赤ネズミです。

何かをバラすような、同時にはぐらかすような答え方をして、佐知は咄嗟《とっさ》に後悔した。

――あ、お嬢さん？　そういや、いたね。すっかり忘れてた。頭の黒いネズミよりかは、ずっと可愛いが。そういえば、変な時間に来ちゃったね。夕ご飯は済ませたの。

――ええ。まあ。

時計を見れば、午後七時。夕方から寝入っている様子だった麦が、今頃、目を覚ましたようだ。佐知も麦も、だから本当は、まだ何も食べていない。これから夕食なのだ、と言えば帰ってくれたかもしれない。いや逆に共に夕食をとるはめになったかもしれない。だが佐知は小磯を食事に誘いたくはない。結果として嘘をつき、ごまかすことになった。

――赤ネズミ、テニスやってるんだよね。ぼくらの頃は、毎日遅くまで、部活とやらで忙しかったなあ。

赤ネズミと言い出したのは佐知だったが、他人から娘を赤ネズミと言われると、良い気持ちはしない。

――娘、実は、テニスをやめたんです。

――なんだ、そうだったの。練習がきつかったかな。

――選手だったし、頑張ってはいたのですが。

――へえ。だったら普通やめないよね。何かあったんだな。何があったの。

――何って、別に何も。

――なら、いいけど。

このところ、麦は覚醒状態と、変な時間に襲ってくる激しい眠気のバランスを崩し、いよいよ学校に通えなくなっていた。ここ数日は、ずっと家に閉じこもっている。それを小磯には知られたくない。

――この間ねえ、玄関の前にネズミが死んでいたんですよ。あんた、ネズミ、見たことある？

――生きたネズミならね。

――死んだネズミですよ。子ネズミですよ。雨の日だった。ナスのシギ焼きみたいなもんが捨てられてあると思って。よくよく見たら、毛の濡れそぼったネズミだったんです。しばらくナスは食えないね。ぼくは戦争を直接には知りませんからね。人間の死体は、自分の親以外は知らないんです。子ネズミの死骸でも、忘れられない。すっかりビビっちゃって。

――小磯さんなら、そういうの、平気かと思った。

――とんでもない。女の子みたいだって、笑う人は笑うでしょうが、ゴキブリだって苦手です。例の子ネズミは、新聞紙に包んで燃えるゴミの日に捨てたんです。だけどそれまで大変だった。新聞紙で摘まみ上げるとき、紙を通して、死骸の形や重さがてのひらに移るでしょ。そりゃもう、恐ろしくて、恐れ多くて。

おかしくてふっと笑うと、佐知のその笑い声は、自分の声であるのに、冷たく小磯をせせら笑うようであった。それをごまかすように、今度は心の底からあははと笑い直す。直すというのも変だが、笑ってみると、もう何年も、こうして声をあげて笑ったことがないと気づいた。

笑われたほうの小磯は顔を上気させ、笑われたことが嬉しそうだ。

——その死んだ子ネズミがね。

と、まだネズミの話を引きずりながら、小磯の目が爛々《らんらん》と輝いている。

——毛がね、雨で濡れてね、べったりと張り付きながら、ところどころ、皮膚が赤剝《む》けてて、全体として赤ネズミと呼びたいネズミだったのです。ねえ、ところで、お嬢さんはなぜ、赤ネズミなんです?

こんなところが油断ならない。そう思いながら佐知は、麦のこだわりを、軽々とバラしてしまった。

——あの子は赤が好きなんです。

——へえ。

——赤が好きなだけで。ただもう、それだけで。こだわりといえばこだわりですが、色の趣味なんです。

なぜかこの事態を、過少に報告したいという自分を佐知は意識していた。

──それで赤ネズミ。ふーん。偉そうなことは言えないけど、絵なんかだとさ、赤と何を組み合わせるかが、普通は大事なわけだ。それによって、赤が生きたり生きなかったりするわけでしょう。

小磯の中でスイッチが入った気配があった。

──ところがお嬢さんは、最初から赤って決めてる。周りはなんでもいい。赤が最初にある。

──ええ。最初から。赤を選ぶ。

──それが、なんだか、怖いといえば怖い。異常といえば異常だよね。ああ、異常なんて言ってごめんね。ほんと、ぼくは絵は描けませんよ。だけど色を、時々言葉みたいに感じるの。赤という色は、お嬢さんの感情の翻訳なんじゃないの。

小磯は少し興奮していた。激してわざとこむずかしい言い方をしている。

──あんたはどう思うのさ？　母親として。

佐知は問い詰められ、まさに死んだ子ネズミのような気持ちになった。こんな質問を受けること自体、おかしなことで、自分のやるべきことは、さっさと小磯をこの家から追い出し、夕飯の支度をすることだと承知しながら、佐知は気づくと、小磯の投げかけた質問に正面から向き合い、真剣になっていた。

小さい頃から、ただもう夢中で、麦を育てた。その麦がテニスで成果を上げたりすると、佐知は誇らしく、誰かに自慢したくなったが、今度のように、麦がつまずき、停滞していると、麦が遠くなり、持て余し、まるで他人の娘のように感じる。

自分は母親には違いなかった。その自覚は、かつては確かにどこからか、湧いてきたものだったが、娘が大きくなり、乳をほしがらなくなるにつれ、母という意識はあっけないほど簡単にしぼんでしまった。麦という子を産んだことも、事実には違いないが事実に過ぎず、そのことになんの意味も見出せない自分がいることに驚いていた。

そう感じるとき、佐知は思った。自分は子供など、本当は平気で捨てられるのではないか――。母親として、などと小磯に問われると、誰の話かと思う自分に佐知は驚き、初めて自分を発見したような気にもなっていた。

――ぼくは絵は描けないけど絵を見るのは好きなんだよ。昔見た絵が忘れられないの。外国の絵描きでね、ブラマンク、つーんだ。なんて絵だかは覚えていない。村にある、一本の道でね、その道に、ひとはけ、赤がこすってある。油絵だよ。塗ってあるというより、こすってあるの。赤がかすれている。まるで赤の声を聞いたような気がしてね。道ってさ、農道でもせいぜい、土の色、茶色でしょう。なんで赤が入っているのか。それが目にしみてね。悲しいんですよ。そんとき、思ったの。色って感情だなと。

麦の赤好きは、小磯のような文学的なものではないだろう。テニスに夢中になっている頃から、赤い色を身につけると、麦は勝てると信じていた。ただそれだけだ。試合時には、必ず、赤を身につけたし、赤に守られていると、かなり本気で信じている節があった。もちろん試合では、圧倒的な力を持つ者が勝つのであるが、たとえ実力があっても、ちょっとした心理的動揺で坂道を転げ落ちるように負けに転じることもある。とりわけテニスというスポーツには、心理戦という側面が強いように佐知は見ていた。麦もまた、実力というあやふやな力のほかに、運命を左右する、偶然であって必然の要素が何か欲しかったのだろう。

ラファエル・ナダルというスペイン・マジョルカ島出身のテニスプレイヤーがいて、彼もまた、愛すべきか気の毒に思うべきかよくわからない、ギリギリのところに位置するこだわりを持っていた。例えば試合の最中、ベンチの足元に置く、何種類かのペットボトルの位置だ。それぞれが、どうも厳格に決まっているようで、一ミリ、二ミリ、ずれても気持ちが悪いようだ。カメラはたびたび、彼がベンチで、足元のペットボトルを神経質に置き直している姿を映し出していた。彼はサーブをする際にも、ボールを放り上げる前に、自分の鼻や耳をさわり、その一連の動作に決まった流れや法則があるようだった。自分で自分に課した厳密な順番があり、それが一種の「儀式」と化している。おそらくそうすることで、精神の安定が保たれるのだろう。対戦相手のなかには、サーブ前に時間を取りすぎだとクレームをつける者もいるらしい。解説者がことさらその点に触れたことはない。ただ、観ている者は、ナダルの持つ、いやテニスプレイヤーという人々が持つ、かすかな狂気を目の当たりして理解する。

麦はもうテニスをやめた。なのに赤へのこだわりはやめた今も続いていた。目に入ったゴミのように、佐知にはそれが、鬱陶しい。

一番鬱陶しく思っているのは、本人に違いない。今その麦が、ついに不登校になった。学校を数日、休んでいるだけだ。ただ、それだけだと佐知は思いながら、どうしても事態が好転すると思えない。決して動かないこの現実に直面し、佐知はどうにかする前にすでに諦めていた。

――赤ネズミ、大丈夫かなあ。テニスはやめたんでしょう。

――ええ。

――やめたあと、どうしてるの。勉強一色ですか。

――大学に行くのかどうかも、何も言わなくて。

――うーん。心配だな。力になりますよ。前にも言ったよね。お父さんが夢に現れてね、女たちをよろしく頼むって。そんなことまで言う人、そうそういない。お嬢さんはどうも、早い方がいいな、何、最初は、お互いの相性もあるからね、マッサージ料金は、いりませんよ。

――そんなわけにはいきませんよ。

――あんた、真面目だからね。そう言うと思った。真面目ってね、夏目漱石なんかが生きた明治の頃はまだ、良かったんだよ。この頃じゃ、流行りませんねえ。母親がそれだと、子供にはきついばかりでね。お嬢さんに何もなければいいんだけれど。あんたじゃないよ。あんたはもう育った。心配なのは、お嬢さんだよ。

佐知はほとんど観念していた。小磯はターゲットを掴んだという顔をしている。何かが永遠に繰り返されているという恐怖に佐知はとらわれていた。

――実は、娘、具合が悪いんです。

口が開いた。佐知では無い。佐知の口が、何かしゃべっていて、佐知はそれを、じっと聞いている。

――実は、娘、おかしいんですよ。

この口はまるで小磯を誘うかのようである。

――おかしいって何が。

――目にボールが当たってから、目を閉じることができなくなって。

――誰の話をしてるの？　あんたのこと？

――わたしじゃなく、娘のことです。目を閉じることができないって言っても、実際には閉じてるらしい。でも、本人の感覚では、ずっと目覚めている感覚が抜けないようなんですよ。

橋が決壊し、濁流が流れ始めていた。

小磯は自然を装い、あくまでも淡々としている。

――ああ、そういう子、見たことあるよ。視神経が異様に高ぶってる。

高ぶっているのは、実は小磯のほうだったが、それを必死に抑えているのだった。商売になると思っていたわけではないだろう。ただ、なんとなく、なんらかのトラブルを抱えた人間が、小磯には臭う。そういう人間こそが小磯の好みだった。臭いに引かれてそばへ行く。コバエが腐りかけた食べ物に執拗にたかるように。それは正義感とは微妙に違う。まだ誰も呼んだことのない感情だ。

――赤ネズミ、ここへ呼んでらっしゃいよ。

――寝ていますから。麦という名前です。

――いいから、呼んでいらっしゃいよ。

佐知が押し黙って腰を上げないでいると、階段を降りてくる麦の足音がした。

4　帯の声

寝巻きだか部屋着だか、そのどちらでもあるようなくたりとした服を着て、麦は階下へ降りてきた。見知らぬ男が居間のソファを占領しているのを見たが、平然として態度を変えるわけでもない。

――おじいちゃんが長いこと、マッサージを受けていた方よ。小磯さん。

他に言いようもなくて、佐知がそんなふうに紹介すると、麦はかすかに頭をさげ、挨拶にはほど遠い、無愛想を通り越した無言を貫いた。声は使わないと、ぼろぼろにさびついてしまうのではないか。声帯だって閉じてしまうのではないか。佐知は久しく麦のあげる声を聞いていない。

麦を産んだとき、この子はどんな産声をあげたのだったのか。産んだ当人も、そんなものはとうに忘れているが、麦がもう一度、「産声」をあげないことには、ともにこの先を生きられないような気がしている。

――へえ、こんなに大きな娘さんがいたんだ。

小磯の声はまるでくったくがない。

――会うのは確か、初めてだよね。

庭からこおろぎの声が聴こえてくる。小磯は麦の無反応を、気にするふうもなく、話し続ける。

――ぼくの仕事、指圧、って言ったほうが正確かな。指で押していくあれヨ。指とてのひらの腹で、他人さまの体と対話する。これでも東洋医学の一種なんだよ。おじいちゃんの骨格は、いまだにこの指が覚えてる。りっぱな人だったな。品格、ってものがあった。最後の江戸人だね。医者だけにかかっていたら、そりゃ、病院のベッドの上で死ぬしかなかったでしょう。薬漬けになってね。だけど最後、ぼくが少しばかりお手伝いをして。おじいちゃんの願いでもあった、自分の家で最期を迎えた。畳の上で死にたい、なんてみんな言うけど、じっさいは大変なことでさ。簡単にできることじゃない。だけどほんとは覚悟ひとつで、誰にだって、自然な死に方、できるんですよ。そんとき、そばで見守る人がいるといい。そこをたいていのうちは、親族だけで閉じちゃうの。他人には見せない。任せても病院。だけどおじいちゃんもおばあちゃんも、ぼくの介入を許してくれた。もちろん、おかあさんも。

その「おかあさん」である佐知は、介入を許した記憶はない。そもそも気づいた時には介入していた。小磯はしかし佐知の無言を、いいように取って喋り続ける。

――結果はご覧のとおり、やっぱりあれでよかったんだって、このごろ、ますます確信してますよ。きっと、ご本人も、あの世で満足してくれていると思うなあ。

小磯の独り語りが熱を帯びていく。その声は平たくつぶれていて、落語家風のいかにも世慣れた軽妙さがあふれている。

佐知は心底、この男が鬱陶しい。だが間の抜けたようなその声を聞いていると、心が軽くなってくるのも事実なのだ。油断すると、すぐに付け込んでくるのもわかっていたが、死んだ佐知の父も、そんなあれこれをわかったうえで、小磯の調子に救われていたのかもしれない。

いつもは陰気に静まり返っているばかりの居間に、今日は小磯が花を咲かせている。佐知はなんだか癪に障るが、麦にとって、家族でない他人の存在が、少しでも刺激になればいい。もっとも、肝心の麦は、さっきから、はらはらするくらいに無礼な態度である。テニスボールが目を直撃した例の事故以来、すっかりひきこもり、自分のなかから出てこない。

人間の肉体には、いろいろな穴があいている。その穴を通して、人は他者と交流するしかないのだと、唐突に佐知は思った。目も一つの穴だったし、声もまた、口という穴から出ていって誰かに届く。下半身にもさまざまな穴があった。そこを他人が出入りする。誰も通らないとき、風が通った。ひゅーい、ひゅい。虚しい音をたて、実体のない、存在の影が通り抜ける。ひゅーい、ひゅい。死者も通る。死んだ父も。死んだ夫も。そのとき、人は笛と化す。虚しい音をたてて鳴る。

麦はどうだろう。若い麦の穴は、穴と言っても虚無の穴ではないだろう。だが今の麦は、開いていても目は人を収めず、封じ込められた声は自分自身すら突き破ることがない。いかなる穴も、人を拒んでいる。父親が死んだとき、この子は中学生になったばかりだった。虚血性心疾患。夫は就寝中の急死だった。夜が明けると、新しい一日が始まる。だがあの日の朝は、いきなり終わった。父親の死から数年たって、こんどは祖父。

――おじいちゃんとは縁があったんだね。ああして最後、看取りのお手伝いができたことは、ぼくには、とても幸いでした。

小磯は感慨深げに言うが、「看取りのお手伝い」とはどういうことか。そんなことをしてもらったという意識がなかった佐知は、小磯のことを初めて知ったような気がして、まじまじとその顔を見る。核心を摑ませない顔、逃げる顔をしている。

ただのマッサージ師じゃなかったの。ただの、ただの指圧師ではないか。施術の現場を確かめたことはないが、母の話によれば、日に長くても小一時間ほど、小磯に指圧を施してもらっていたに過ぎない。施術の前後や最中には、多少なりとも深い会話があったとしても、あれを看取りの儀式といえるのかどうか。今、逆流してきた意味に、佐知が驚いている。

――うちの治療院にね。あんたみたいな高校生も来てるよ。ちっちゃいときからね、一家で来てるんだ。やっぱりね、マッサージだけしてもだめ。食事を含めて、いろんな意味で生活全部を見ていく必要があるからね、そうやって人生、まるごと引き受けるわけよ。あんた、テニスやってたんでしょ。ハードなスポーツだよね。今じゃみる影もないが、これでもぼくは、若い頃は、かなりテニスにいれこんでた。だからわかる。あれは優雅なスポーツなんかじゃない。個人と個人、それも野人同士が闘う。あんた、よくがんばった。そんで怪我したんだろ。目にボールが当たったって？　スポーツはねえ、怪我がつきもん、怪我との戦いでさ。

小磯はそこまでを一気に言うと、

――よかったらちょっと診よう、さあ、今、ここで。横になりなよ。ほらほら。ここ、ここに寝てみて。

ひらひらと馬鹿のように片手をぶらつかせる。そうしてここだよと、小磯は今日、初めて訪れた佐知の家のソファを指さし、ここがまるで、自分の診療所のようにふるまった。麦は素直だ。操られたように、すうっと近くに寄り、ソファの上へ横たわる。

簡単なものだなと佐知は驚く。

――麦、いいの？　指圧、やってもらうの？

すると、麦が、べろりと帯のような声を出した。

――やってもらう。

佐知は内心驚きながら、柱にかかった時計を見た。いつのまにか、もう午後八時を回っていた。すぐにでも夕食の準備を始めたい。ここ数日、学校に行かずに家にこもっている麦は、おそらく朝も昼もなく、佐知が勤務先へでかけている間、勝手なものを食べているにちがいなかった。家族のほころびを、まずは食事から整えたいと思う佐知は、今から施術しようとする小磯にいらいらしていた。すると、

——なぁに、すぐに終わるよ。

見透かすように、小磯が言った。

指が、蔓のように麦の身体の上を這《は》い、骨に沿って、移動していく。ひたすら静かにもみほぐしながら、小磯の声が、一度来てみればいい、としきりに誘っていた。一回じゃわからないから。続けなくちゃ意味ないから。だからぼくの治療院へ、来てみればいいよ、近いんだよ。ここからすぐさ。なんなら親子で。疲れがたまっているんじゃないの。澱《おり》は早く流さなくちゃ。

ざざざ、と音がして、無数の蟹が海から陸へあがり、そのまま、佐知のうなじをはいあがってくる。幾度となく小磯に感じた嫌悪感が、そんな一瞬の幻想を呼ぶが、もみほぐしてもらっているのは、佐知ではなく麦だった。麦の体と佐知の体は、まだどこかがつながっているのか。

すぐに終わるという言葉どおり、小磯は指をすぐにひきあげたが、念を押すのも忘れなかった。

——医者なんかにかかったって、表面がつるんと治るだけだからだめ。高いお金使って、薬ば

っか飲んでもだめ。だいじょうぶだよ。どんな不具合も、みんな治っていくから。必ず、必ず、治っていくから。だいじょうぶ、だいじょうぶ。一度来てみればいい。

不意に、あはは、と佐知は笑った。笑うようなことは皆無の日々だったから、久しぶりの笑い声が自分でもにぎょっとして聴いた。自分のなかから湧いたその声を、佐知は他人のもののように
狂気じみて聴こえる。小磯を軽んじて馬鹿にしたわけではなかった。だいじょうぶ、だいじょうぶ、と彼は言う。しかしいったい、何がだいじょうぶなのか、この言葉の奥にあるものを、今まで一度も、誰も追求したことがない。実に無責任な言葉だと思う。だいじょうぶ、だいじょうぶ。その呪文は、なんの実体も持たずに、今も多くの人々を催眠にかけているに違いない。今、洞門家の居間に、モンシロチョウのようにひらひらと、だいじょうぶが飛び交っている。その軽さが佐知に痙攣《けいれん》のような笑いをもたらした。

――ママ、だいじょうぶ？

ソファに寝たままの麦が、顔を佐知のほうに曲げて、不安そうに口を開く。

――ええ、なんでもないわ。

小磯はとぼけた顔で、

――やっぱり、二人で一度、おいでよ。この家、どうも、風の通りが悪い。

などと言い、あきらかに、佐知までおかしくなっていると言いたげである。佐知は笑いをおさ

めながら、そうかもしれないと思う。自分は少しおかしくなっているのかもしれない。しかしそう思う人間はまだ、完全におかしくはなったわけではないだろう。

勤務先の郵便局へは自転車で行く。混み合った電車に乗らないですむのは、佐知にとってありがたい。けれど生活する場と仕事をする場所とが、こうしてくっついているのも、もちろんいいことばかりではない。窓口に座る人間は、座っているだけで多くの人から注目され、自然のうちに記憶される。たとえば往来で、すれちがいざま、頭を下げられることがたびたびあった。向こうはどうやら佐知を知っている。だが佐知は知らない。このあいだは、わざわざ呼び止められ——。

——ねえ、失礼だけど、あなたのこと、どこかで見て知っているのだけれど、どこの方か、わからなくて。ええ、ほんとによく知ってるの。テレビで観たわけじゃない。名前も存じ上げない。芸能人って感じじゃないし。わたしまだ、ボケていない自信あるし。ねえ、変な質問だけど、あなた、誰？　わたし、どこで、あなたを見たのかしら。

清水北郵便局の窓口にいる者です、と言うと、その人は一瞬、虚を衝かれたような顔をして、ああ、そうだ、そうか、そうだった、ごめんなさい、お引き止めしてなどと、半分、不可解な、しかし半分は納得した表情で去っていった。そのとき佐知は、この地味な自分の顔こそが、世間への郵便窓口なのだということを思い知った。

窓口担当といっても、佐知は「郵便」だけを扱っているわけではない。郵便局には、他に、「貯金」と「保険」があり、局員は、どの分野にも精通していることが要求される。

佐知はセールスが苦手だったたし、そもそも「保険」というものに、まるで興味が持てない。それを、人にすすめるのも苦痛だった。

それでも郵便局は、佐知が見つけた最高の職場だ。いい年をしてロマンチックだとあなどられようと、人の手紙を誰かに届けるという基本的業務には、いつもほこりと喜びを感じている。広すぎないオフィスは、まさに人間的サイズ。このあたたかい空間には、その昔、ひとつの郵便局がひとつの家族で運営されていたことを思い出させるものがあった。残業がないわけではなかったけれど、同僚たちは局長以下、みな穏やかな人々で、人間関係の悩みからも解放されていた。ここをやめたら、自分にはもう、たいした仕事は見つからないだろうと思う。資格も持たず、結婚を機に会社勤めをやめた佐知は、夫の死後、自分が経済的にまるで自立できないことに、当初はただ、呆然とするだけだった。引越し先に偶然、郵便局員の募集があって、書類と面接で採用が決まったとき、どんなにうれしかったか。

金曜の午後のことである。郵便局のカウンターに、絵の具箱の忘れ物があった。「桜マット水彩二十四色」は、持てばけっこうな重さで、使い始めてまだ日が浅い感じだ。サクラ印といえば、高級品ではないけれど、佐知も使ったし、今も多くの学校で推奨され、子供たちに使われているだろう。ただ、二十四色という色揃えは、子供用としてはやや贅沢な感じがした。普段、ここでは、子供の姿を見かけることがない。訪れる人の多くは高齢者で、絵の具とつながるような人が思い浮かばない。同僚の岡田くんにたずねると、たぶん、柴山さんだという素早い反応が返ってきた。

岡田くんが言うには、少し前に、その柴山さんが窓口にやってきて貯金をおろした、そのとき、いつものことだが、大荷物をいくつも抱えていて、大変そうだったので手伝おうと思ったが、探したときには、すでにフロアには姿がなかったということだ。

――柴山さんって、どういう方だっけ。

――ほら、近くに住んでいる一人暮らしのおばあちゃん。

岡田くんはこの界隈に暮らし、郵便の仕事にたずさわって六年くらいになる。地域のことは佐知よりも詳しい。

――水彩画を七十になってからはじめたという柴山さんですよ。どこへ行くにも、絵の具と絵筆と画用紙を忘れない。見事な白髪で。紫だのピンクだの、きれいな色の洋服を着てて、洞門さんも、素敵ねーなんて、あこがれてたじゃないですか。

——あっ。

記憶がつながった。

——パレットさんのことね！

——パレットさん？　柴山さん、パレットさんなんて呼ばれているんですか？

岡田くんは、柴山さんが軽く馬鹿にされたとでも感じたのか、ちょっと納得いかない感じだったけれども、柴山さんのアパートを知っているので、帰りに届けますと請け負ってくれた。

そこまでするのは、おせっかいともいえたが、同時に、絵を描く人間が道具なしで、どんなに心細いかと佐知は思ったのだった。岡田くんは、茶髪で年中、陽に焼けており、風貌こそ浜のヤンキー風だが、根は真面目で賢い青年だ。佐知の心を先読みする。

——助かるわ。岡田くん、柴山さんをよく知っているのね。

——いっとき、オレオレ詐欺で、独居老人は地域で守ろうってことになり、郵便局にも、サポートしてくれって、市から要請あったじゃないですか。そのとき、ぼくの担当が柴山さんだったんです。しっかりされてますから、柴山さんに限っては、何の心配もないんですけど。一度、重い荷物持つのを手伝ってあげて、部屋の前まで行ったことがあるんです。この絵の具、たぶん、じゃなくて、間違いなく、柴山さんのものです。

佐知は安心して、絵の具ボックスを岡田くんに手渡した。大きなチューブには、一個一個、ぎっしりと絵の具がつまっている。チューブの蓋の色が中身の色だ。見ているだけで心はずんだ。年を重ねて絵という表現に行き着いた柴山さんを、佐知は心底、眩しく思う。色には人に生きることを促すような、すごいエネルギーが詰まっているような気がする。

絵はいいな、わたしも描いてみようか。母にもすすめてみようか。佐知は思った。そうして中学生の頃、美術の授業で、水彩画を描いたことを思い出していた。描くときより、描き終えた後、水場でパレットを洗い流す時間が好きだった。絵はたいてい、うまくいかなくて、自分が描きたいようにはできあがらない。そもそも自分が何をどんなふうに描きたいのかを、あの頃の佐知は知らなかった。今、思い返してみても、絵を描いていた時間のことは、きれいに忘れている。だが、古いタイルの敷き詰められた水場で、絵の具を溶かしパレットを洗っていた時間のことは、筆の動きとともにありありと蘇《よみがえ》ってくる。濃い色の塊が水にとかされ、薄く薄く伸びていって、最後は消える。水に流れていく青や赤や黄色。それらは、一つ一つが意味として固まるまえの、夢の原型のようであった。

父の死後、実家で一人暮らしを続けている母は、近頃、テレビを観るくらいしかやることがないと嘆く。そのテレビも、観るべきものがまるでなく、テレビに加えて新聞も雑誌も、もはやなにもかもが終わりだわねえと、どこかで聞いたようなことを言うのである。確かになにもかもが終わりに向かっていた。政府の言うことは信じられず、信じられるものを外に探そうとしても無駄であり、結局は自分が決め、判断したことを、淡々と実行して生きて行くほかはない。誰も言葉にはしなかったが、誰もがアナーキストのような気分でいるらしかった。母も佐知自身も。

認知症を患っているわけではないにしても、室内を移動するのがやっとの母を助けるため、佐知は実家に、二、三日に一度くらいの頻度で行く。そのとき、煮物などまとめて作り、わずかな洗濯物と掃除をして帰ってくる。もう十分に生きたといえる年齢なのだから、あとはできる限り、本人の意にそって見守るだけと思ってみても、ついやりすぎてしまうようなところが佐知にはあって、無理などしていない、と思っていても実はけっこう無理をしている。

母がいったい、なにを望んでいるのかは、実の親子でも、なかなか正確には摑み取れない。人の望みを汲み取り、それに寄りそうということは、本当に難しい行為だと佐知は思う。

今、本人の悩みは、体の痛み——とくに膝——と、排尿の問題だ。手術はしないと決めてから、膝は対症療法で痛み止めの湿布を貼っている。あとは膝裏を伸ばす簡単な体操をするくらいだが、見ているると、それで痛みが軽減するということは、全くないようだ。だから気休めにすぎないのだが、わずかな希望にかけて、やり続ける。その時の母は、白い顔をしている。もしかしたら、母はとうに何かを諦め、絶望しているのかもしれない。膝痛に効くというサプリメントも、テレビコマーシャルに釣られて、あれこれ買った。母が自分で注文したり、佐知が頼まれて注文したこともある。だが効かない。効いて人生が変わったというお年寄りが何人もコマーシャルを彩るが、あの笑顔は全く恨めしい。医者に聞くと、金の無駄だからおやめさい、と言う。じゃあどうしたらというと、手術か対症療法しかないと言われ、それでは手術に、と望みをかけると、高齢で手術は、後のリハビリに耐えられる人だけですよ、と言われる。痛みだけ、痛みだけを取ってほしいのだ。せめて軽減してほしい。かくして高齢者の膝の痛みは、人生の終わりにやってくる理由のない「罰」で、佐知は母を見ながら、老化が成熟でなく、病であることを教えられるのである。

一方の排尿のほうは、トイレには行けても、常時、自分ではコントロールができず、気がついたときには漏れているということがある。佐知がすすめて、おむつパンツと尿パッドをすることになったが、いずれも良くできていて、濡れてもさらさらの感触が続く。しかしその快適感が、本人にまだ交換しなくていいという判断を促し、気づくと、母は、尿で汚れたパッドを平気で長時間、取り替えなかった。目も悪いから、パッドについた尿の、かすかな黄色を見分けられない。鼻もきかないから尿の臭いにも鈍感である。まだ汚れていない、まだまだ大丈夫だとそのまま放置してしまい、臭いで気づいた佐知が、そろそろ交換したら？　と指摘すると、本人にはプライドもあって、たびたびぶつかり喧嘩になった。母はどこまでも汚していないと頑固である。もったいないという頑固に染み付いた経済観念もあった。現実と当人の認識とがそうしてずれていくのが老いというものの正体なのだろう。やがては自分にもやってくる問題だとわかっている。わかってはいても、未来を先取りして、それを相手への共感とするには無理もあり、余裕もなかった。尿の臭いに耐えられない佐知は、頑固な母を責めてしまう。

体の痛みを抱えながらおむつを履き替えること自体、そもそもう、限界なのだ。頭で考えればかわいそうに思う。だがどうしたって尿の臭いには慣れることができない。ケアマネージャーの角谷さんによれば、ニッポンの、ほとんどすべての高齢者がおむつやパッドを利用しているとのことだ。みんな同じだ、あなただけじゃないと、高齢者とその家族を安心させるために角谷さんは言うが、しかしおむつをしているという現象は同じでも、悩みはそれぞれで、状況も十色。さらに下半身にまつわる、できたら隠しておきたいデリケートで個人的な問題なので、同じだというみんなが、どうやって乗り越えているのか、情報は、ほとんど入ってこない。結局、それぞれが自分の問題として一人で片付けたり、家庭のなかに抱え込んでしまっている。SNSに十分習熟した世代が高齢者になる頃には、ツイッターなどに、自分のおむつ事情が公開されるなどして、さまざまな面からの有益な情報がやりとりされるようになるかもしれない。いや、どうだろう。やはりどんな時代も、高齢者にとっては、ここが最後のプライドの砦となるのだろうか。たとえ臭くても、臭いという率直な指摘は、いつだって相当、相手を傷つける。みんな同じだといくら慰めたところで、おむつをしているという事実を誇る人はおらず、自分自身を情けなく思うだろう。排尿問題に関する限り、高齢者の心は思春期の子供たちのように柔らかで傷つきやすい。どう助けたらよいのか。核心部分は、その年齢を生きてみなければ、結局、わからないにしても、そんな母の生活を、少しでも豊かにしてあげられたらと、本人にしてみれば逆に迷惑かもしれない、自己満足な思いを佐知は持っていて、しかし具体的な方策をなにひとつ、考えつかないでいた。

もし、そんな母の生活に、「色」というよろこびがあったら。絵を描く柴山さんを知って以来、母の晩年に美しい彩りをもたらしたいと願う佐知だった。

もう、意味がひたすらおいかけてくる、言葉の世界は重いだろう。意味をぬいだ、豊かな色彩の世界。確かな線が描けなくとも、にじむ線、はにかむ線、ふるえる線こそが生を歌う。そして色彩がよろこびを物語る。特別なことではない。絵を描くという経験は、誰もが子供の頃、一度はしたこと。クレヨンで、色えんぴつで、水彩絵の具で。

ふと、小磯が、次はお母さんだねえと言った、あの声が蘇ってきた。父が死んで、だいぶたってから、小磯が実家にたずねてきたとき、確か、母と佐知を前に、そんな言い方をした。次はお母さんだねえ。

順番から言えばそういうことになるが、母本人は黙って聞いていた。失礼な男と思っていたかもしれない。小磯は、次に死ぬのはお母さんだと、直接に言ったわけではない。それでもやはり、何をどう動かしても、やっぱり、次に死ぬべきひとを、小磯が名指したということには変わりがない。それは今、説得力をもった静かな響きとなって、佐知のなかに逆流してきた。

自宅へ戻る途中、佐知は小磯が語った、ブラマンクという画家の名を思いだしていた。赤にこだわりがあるという麦の話を打ち明けたとき、小磯が好きだといって口にしたのだ。小磯の言うことの多くは聞き流してしまう。だが、あの画家の名前は、なぜか胸のなかに長く残った。どんな絵なのだろう。そう思うと、今すぐにでも見たいという思いがふくれあがった。

帰宅途中にある中央図書館に寄ってみることにする。そこには世界の絵画シリーズが収蔵されている。そのなかの一冊に、きっとブラマンクもあるはずだ。海沿いの道を五分も歩くと、すでに灯のついた大きな建物が見えてきた。三階建ての大きな図書館である。今日は確か、午後九時までやっている。

館内に入って、まっすぐに絵のコーナーへいくと、佐知はそのなかの一冊を手にとった。やっぱり、あった。モーリス・ド・ブラマンク。十九世紀半ばから二十世紀半ばを生きたフランスの画家。巻末にある作品名の目次を繰り、「赤」という文字を探した。すぐに「赤い木のある風景」という一枚が見つかる。あのとき、小磯が話していたのは、確か、赤い村道が描かれたものだった。ブラマンクは本当に赤に入れ込んでいた。

「赤い木のある風景」。該当頁をめくると、激しい横殴りの赤が、目に飛び込んできた。幹が赤い。まさに赤い木が、激しい風になびいている。炎のようだ。なぜ木が赤いのかと、母ならばきっと問うだろう。しかし佐知には赤い木が、さほど異様なものとは思えない。存在に密着した〝色〟があるのだと思う。大人しい木ではなかった。木は木であることを黙って観る者に知らしめていた。自由。激烈。奔放。自在。自分もまた、この赤い木のように身をうならせて生きてみたい。佐知は絵を見ながら、自分自身を挑発するような気持ちになっていた。

赤よ赤。赤よ来い。赤に惹かれながら、佐知は同時に赤を憎む。麦が支配され、翻弄された赤。今日も麦は、学校へ行っていない。

その日、帰宅した佐知の携帯へ、担任の御岳先生から電話が入る。

「どうですか、麦さん」。毎回聞かれるけれど、進歩とか変化があるわけではない。このあいだ、小磯に体を指圧してもらったときが、唯一、他人に接触した機会だった。あのとき、佐知は、ふいに通常に戻ったかに見えた麦から、逆に大丈夫かと問われ、深く労られたように感じたのだったが、それも束の間、その後は再び無口になって、言葉による交流はとだえている。指圧師のことを先生に言ってみようか。佐知は迷った。その自覚がなかったけれど、佐知は何でも自分で解決しようと思うたちだ。夫が死んでからはなおさら、誰かに相談してみようという心の余裕や甘えを持てないで生きてきた。結果として、小磯を抱え込み、身動きがとれなくなっている。ただの指圧師、どうでもいいことのように思う一方で、その指圧師から、日々、じわじわと妙な圧力をかけられていて、それが鬱陶しく、嫌な癖に、どこかでその圧力を、半分当てにしている。佐知の頭上に小磯の顔をした、黒い雲がたちこめている。その雲は、払おうとしても、影のように後ろをついてきて、だいじょうぶ、だいじょうぶと甘くささやく。

御岳先生には、結局、小磯のことを言わない。もう少し様子を見てみましょう。先生はいつもと同じことを言う。この人には何を言っても無駄だ。佐知は誰にも期待していない。ただ、ブラマンクの赤だけが、今、佐知のなかで、生の燃料のように燃え続けていた。

5　運動会

目覚めた時、麦は一人だった。いつものことだが、気分が重い。家のなかに自分が一人だと気配でわかる。母の佐知は、とうに勤め先の郵便局へ行ったはず。べりべりと、上半身をひきはがすような思いで、ベッドから自分の身を起こす。

分厚いカーテンをほんの少し引き、ぼんやりと外の風景を見た。連なる屋根と屋根の隙間に今日も海のきらめきが見えた。海の青が、濃くなったようだ。眺めているうち、すうっと気持ちが澄んでくる。

秋が来て、海辺の町は静かになった。

時刻はすでに昼を過ぎていて、一日の始まりというにはだいぶ遅い。

テニスの一球は、左の眼球だけでなく、麦の日常生活そのものを破壊した。学校から段々と足が遠のいたのは、まず、朝早く起きられないという、単純な理由から始まったことだった。とにかくだるくて体を動かすことができない。どこが痛いというわけでもないのに、天井ばかりを見て、ただじっと部屋にこもっていた。

　眼を閉じると、闇の向こうから、ものすごい勢いで飛んで来るボールがある。その不気味な幻影に悩まされ続け、まぶたを閉じることが怖くなった。母には眠れないと訴えたが、実際は、眠気に勝てるわけもなく、いつの間にか、知らぬ間に眠りに落ちていた。しかし寝れば寝たで、睡眠は長時間に及び、こうして起きる時間が、かつての生活から、大きくずれこんでいる。この悪循環をどうしたらいいのか。母の佐知は、ほとんど放置状態だった。

　今も麦の朝は、こうして遅い。はたから見れば、なまけものに見えるだろう。誰も言葉にして言ったわけではないが、母親からも学校からも、麦は遠回しに非難され続けてきたと感じている。テニス部時代、試合前になると、早朝練習で、四時起き、五時起きは普通だった。そんな自分が、今は太陽ののぼりきった頃、こうしてようやく起きてくる。並んでいた列から大きくはずれたことを、目覚めたときほど痛感するときはない。同時に麦は、はずれてよかったとも思うのだ。代表選手だった頃は、無理をしていた。疲れているという自覚がなかったが、実は疲れ切っていた。そして弱い人を見下し、傲慢だった。試験でも人間関係でも、すべて勝ち負けで捌《さば》いてきたのである。ほとんどの場面で勝者だったが、テニスに関しては絶対的で、負けるということを知らなかったし、負けるはずはないとも思っていた。負ける人間を理解しなかった。生来勝ち気な性格も手伝って、成績の伸びない部員に対し、きつい態度をとらなかったか。心のなかでひそかに軽んじたことはなかったろうか。

それが伝わるのか、麦には友達というものがいなかったし、今もそれは変わらない。そのことはいい。同情はいらないし、いまさら、友達もいらない。そう思う麦は、前と同じ勝ち気な麦だったが、心の奥のほうに、自分でもまだ知らない、変容の種が育ちつつあるようだった。

事故直後は、まだ目に腫れやあざや出血が残っていたにもかかわらず、麦は眼帯をして、いつもどおりに学校に通うことができた。なのに痕跡が消え、見た目には以前と少しも変わらないようになったときから、今度は変わって内面の不調が始まった。二時間目あるいは三時間目から登校という日々が続き、やがてそれが、昼過ぎにずれこんだ。そしてついに、学校へ行かなくなった。気づくとクラスのなかで、麦の居場所は塞がれていた。

先生からは、いっとき、毎日のように電話がかかってきたが、それも今では、だんだんと間があくようになり、同じクラスの仲間たちからは、最初の頃こそ、ラインを通して、「待ってるから」などと形ばかりは優しい言葉の投げかけもあった。しかし麦が反応を返さないでいると、やがてグループラインが止まってしまい、「退会者」が続いて、グループそのものが麦を残して消滅した。

すべてがどうでもいいと感じるなか、それでも日々、小さな変化はあった。今日もそうだ。起き上がるのは正直辛かったが、外にあふれる陽光の下、家々の屋根越しに海を見たとき、誰かの手で頭を押さえつけられていたような重苦しさが取れて、どこかへ流れ出していけるような感触を得た。もやもやと目にかぶさっていた曇りも晴れて、光る海がくっきりと見えた。

階下へ降りていくと、がらんとしたキッチンのテーブルの上には、いつものように母が用意しておいてくれた食事がある。どれも皿のうえから、ラップでぴっちりと封じ込められている。あたためて食べろという母の気持ちはよくわかったが、なぜか食欲がわいてこない。スナック菓子ならいくらでも食べられるのに。麦はいつも甘いものが欲しくてたまらない。そうして習慣から、今日もいの一番に、菓子類がつまった大きな空き缶をあける。

空っぽである。うう、とくぐもった声が、麦の喉の奥で、獣のように鳴った。その声に、自分で驚くと、自分が甘いものを求めてさまよう、毛の長いどうぶつになった気がした。髪がいつの間にか、背中まで伸びていた。縛るでもなく、自然に垂らしていて、美容院には長く行っていない。髪は驚くほどの速さでずんずんと伸び続け、そこにだけは、はっきりと生きる意志が見える。まぶたを覆うほどの前髪は、他の人に、相当、見苦しく見えたはずだが、本人にとっては雨戸さながら、外界との遮断に役立った。長い前髪に隠れられるおかげで、人と目をあわせないですんだし、世間と自分とのあいだに、すだれを垂らしているような気分だから、髪のせいにして内側にこもっていられる。

気分転換に髪でも切ってきたら？　昨日の夜、母は言った。登校しないことについては、近頃、何も言わなくなった。麦は返事もしなかった。美容院の敷居は高すぎる。まず予約して、予約日になれば、約束どおりに行かなければならない。そんなことを、当たり前のようにやっていた自分が、今の麦には信じられない。未来を信じられない麦にとって、未来に約束をとりつける行為そのものが、ありえない話である。

美容院へは行かない。それははっきりしている。だが、この家は出たい。どこかへ行きたい。それがどこなのかは、皆目わからなかったし、行く場所など自分にはないと思いながらも、ここでないどこかへさまよい出て行きたいという身を切るような欲求が、初めて、麦のなかからほとばしり出た。

何かあったときのためにと、まとまったお金を、佐知は居間の小引出しに入れてある。麦は迷わずそこから封筒をとりだした。一万円札が十枚あった。そこから最初は二枚、そして迷いながらさらに一枚、抜き取る。赤い革のケースに入ったスマホをリュックに放り込むと、靴を履き外へ出た。

二歩、三歩。歩いている、歩いている、自分が、今、明るい陽のなかを歩いている。麦はそれを他人事のように確認した。

どこからか、軽薄で明るい音楽が聞こえてくる。小学校が近所にあった。運動会をやっているのだろうか。あるいはその予行演習か。時折、幼い子供たちの、興奮したような悲鳴や笑い声があがる。それが遠くなったり近くなったり。

そこへ近づいているのか、遠ざかっているのかが感覚的によくわからない。自分を昼間の幽霊のように感じる。場違いなところへ出てしまった。

静かな海辺の住宅街。どの家も窓を閉じ静まり返っていて、生きている人の気配が感じられない。

「位置について」という女のアナウンスが聞こえ、ピストルが鳴る。スタートだ。歓声と賑やかな音楽。今の麦に、学校は避けたい、遠い場所だが、しかしそこから流れてくる音楽は、どれも一度は聞いたことのある、懐かしいものばかりだった。ちょうど今流れてきたのが、種目を終えた生徒たちが、退場門から去っていくとき必ずかかるおなじみの曲だ。よく知っているのに、曲名は知らない。背中を押されたような気分になって、麦の歩調も自然、早まる。

そのときふと、何もつかむものがないときの藁のごとく、小磯という男のことが思い出された。

死んだ祖父がかつてかかっていたというマッサージ師。初めて彼が、麦の家にやってきたのは、ついこのあいだのことである。だがその顔をうまく思い出せない。久しぶりに、母以外の大人と向き合って、麦は不思議な感覚を味わった。父のいない麦にとって、ほとんどの大人の男は、「恐怖」と「憧れ」が入り混ざったような対象だ。小磯にはそこに、「いかがわしさ」というものが加わったが、麦にはそれが、どこまでも親しみのようなものとして感じられた。麦にとっては、初めて出会った種類の人間だ。マッサージ師というが、それだけではないようにも思う。正体がよくわからない。ずっと年上なのに、どこか友達のような感覚もあって、タメ口をきいてしまいそうだし、きいても許してくれそうだ。よく言えば都会的で軽妙、悪くいえば子供っぽくて軽薄。こういう人って、人に軽く扱われるんじゃないかなと、まるで自分も、小磯をそんなふうに扱いそうな気がして麦は思った。一方で、優しく見える人は怖い人だと、どこで教えられたのか、直感でそうも感じ、侮ってはならないと用心した。

あのときは、その場の流れから、彼のマッサージを受けることになったのだ。怪我をしていたのか、それとも生来のものなのか、小磯は移動するとき、足をやや、ひきずった。片方のスリッパが、床をこする不規則な音に、麦は同情と好奇心をもった。小磯を思い出すとき、同時にあの音が、麦の耳の奥に蘇ってくる。

だれかにマッサージをしてもらったのは初めてだった。そういうものは、くたびれ果てた中年以降の人々がやってもらうものだと思っていたから、最初は違和感と抵抗感があった。大人の男の指が、自分の体を触っていくのを、なぜ母は黙って許したのだろう、と思う。そう思う源には、麦の罪悪感も混ざっていた。麦の体はそれでなくとも敏感で、後ろを人が通っただけで、首筋がぞわっとする。小磯の指が、皮膚の下に深く沈むとき、いちいち反応を返さなかったし、むしろ反応を返してはならないと、固い心で耐えていたが、きゅうと声をあげたくなって、まるで骨をとかされたような快感があった。そこはまだ、誰も踏み込んだことのない、麦の弱みともいえる急所であり、誰にも明かしたことのない秘所だった。そこへ小磯が、いや小磯の指が、初めて侵入した。

たとえば脚のふくらはぎ、たとえば両肩の骨の際。そんなふうに感じる自分を、麦はすこしおかしいようにもはずかしいようにも思って、一層、平気な顔を装ったが、小磯に見破られたのではないかと、内心はびくびくしていた。

母が小磯を嫌っているのはわかっていた。だが麦には、はっきりと母に反抗したい気持ちもあった。そのことが、逆に麦を小磯に近づけることになっているのを、麦自身まだ、自覚していない。

小磯、小磯、と胸のなかでつぶやくと、コイソという音が、やがて意味に固まった。小さい磯。なんだ、小さい磯じゃないか。唐突に真実を探り当てた気がした。近所に住んでいると言っていたが、海辺の町に小さな磯とは、なんだか似合い過ぎておかしいようだ。こういうのを、母ならきっと嫌味を込めて、「過不足のない名前ね」などと言うのだろうと思う。

夫が死んでから用心して、めったに他人を家に入れない母が、好きでもない小磯をなぜか家へ招いた。いや、彼が、勝手にやってきて、あがりこんだのか。まるで磯の蟹のように、さ、さ、さと動き、いつのまにか、麦の家に上陸していた男。そう思うと、思い出せない小磯の顔が、磯を横歩きで急ぐ敏捷な蟹になった。

くくくくくと、麦は笑った。すれ違う人がいて、犬を連れた女性だったが、いぶかしげな視線を麦に送った。

きっとおかしな人間に思われたのだろう。そう思うが、あまり気にならない。自分がどう思われようと、どうでもかまわないという捨て鉢な気持ちを麦は持っていたし、十代のくせに、どうせ人は、誤解されつくして、そのあげく、たった一人で死ぬのだ、と達観したような感覚を持っていた。家に閉じこもっているあいだ、不埒《ふらち》なエネルギーが蓄積されて、自分がずうずうしいどうぶつになった気がする。

小学生たちの歓声が、段々と背後に遠くなっていく。いつの間にやら、小学校を通り過ぎていたらしい。地面を睨みつけながら歩いていくうち、麦はふと、自分はもう学校へ戻らない、と思った。決意とか決心というものでもなかった。どこか他人事のように、学校という場所が、自分のなかからぷっつりと切れた気がした。潮が匂う。波の音が聞こえる。海はこちらから見えないときも、見ていないときも、自分を見ている、そんな気がした。

学校へは戻らないと言ったら母は悲しむだろう。だが、すべてはこうなる以外、どうしようもなかった。不意に潮が強く匂ったように思い、目を上げると、すぐそこまで海が迫っていた。

夢でもよく、海への道を歩いていた麦は、自分が今、夢でなく現実の地面を歩いているのだということを、改めて自分に言い聞かせた。夢のなかで、海をめざしている自分は、決まって靴を履いていない。どうしてか、片方の靴をなくしている。結局、裸足になって歩いていく。足裏には、ガラスの破片のような砂粒が当たって、いつだって、とても痛い。

足が止まる。引き返そうと思う。海へ降りていく勇気がない。海が怖い。かといって、きた道をまた引き返して、元気な子供らの声を聴くのも麦には辛かった。

道を逸れた。住宅街へ入る。

平日の午後の家々は、門を閉ざし、窓も閉めて、人間の姿がどこにも見当たらない。麦は一軒ごと、無口に建つ家の表情を眺めながら、その内に暮らす人のことを考えた。

一軒の古い家があった。周囲から浮いているような古い民家で、玄関脇に治療院の看板が出ている。小磯治療院と読めた。あっと思う。誰が彫ったものか、板に木彫りの文字で、それが表札のようにかけられてあるのではなく、玄関脇に立てかけられてある。

あの小磯が施術する場所ではないのか。今、麦の祖母が暮らす家とも雰囲気がよく似ていて、昭和の半ば頃に建てられたものかもしれない。麦は立ち止まり、改めて家全体を繁々《しげしげ》と眺めた。

それからおもむろに、扉を見た。どこにも呼び鈴らしきものがない。引き戸に手をかけると、すっと横に開いた。自分でもハッとして、「こんにちは」と声を出していた。

はい、と奥の方から声がした。男の人の声だった。玄関は狭く、ものや雑誌の類がごちゃごちゃ置かれている。奥の方で、人と人が会話を交わしている声がして、やがて出てきた男性が、麦を見るなり、顔をほころばせて「やあ」と言った。

それでも麦はわからなかった。目の前の男は小磯だろうか。顔を思い出せない。

――覚えていないの？　この間の小磯ですよ。お嬢さん、洞門さんのところのお嬢さん、だよね。ええっと何だっけ。

――麦です。

――そう、麦ちゃん。麦さんと言ったほうがいいかな。このあいだ伺った小磯です。どうしたの、よく、ここがわかったねえ。

こんな顔をした男だったか。つくづく見ると、ついさきほど、バラバラに解けてしまった小磯の顔の細部が、パズルのようにまとまり、目の前の人になる。

麦は、どうもと言った。

――歩いてたら、偶然、見つけて。

――へえ、そりゃあ、すごい偶然だ。まあ、上がんなさいよ。今、一人、施術してるので、こっちで待ってて。

「せじゅつ」という言葉が、施術を意味するとも麦は知らず、シュジュツと聞こえた。こんなところで手術かと思うと怖くなったが、家のなかはとても静かで、器具の音一つしない。ここで待てと言われた部屋は、六畳くらいの小さな和室だ。座布団とテーブルがあった。小磯は、温かいほうじ茶を出してくれた。

――いやいや、よく来たねえ。まあ、お茶でも飲んで。こんなのもあるよ。

さりげなく渡されたパンフレットのような雑誌には、「私たちは生かされています」とか「絶望の彼方に光を見る」とか「死んでも死なない。魂の磨き方」などという言葉が並んでいて、麦の興味を引くようなものはあまりなかった。それでなくとも、麦は長い文章を読むのが苦手だ。仕方なく、お茶を飲みながら、部屋の隅々を眺める。

女物のパジャマが、棚の上にあった。誰のものだろう。小磯に家族はいるのだろうか。あとは固定電話とファックス機と。花瓶には、あれは、ダリヤか、真っ赤な花が無造作に生けられている。小さな同じ町に住んでいるのだから、こんなことがあっても不思議はないが、それにしても、小磯のことを思い出していたそのとき、招かれるように、本人の家を見つけるとは笑ってしまう。麦は麦で、心のゆくまま、考えもせずに歩いてきて、ここへたどり着いた。流れ着いた、というほうが感覚的にはあっていた。小磯が家に来たのが、ついこのあいだのことのようにも、もう半年くらい前のことにも思われる。

やがて玄関のほうから、女性の声がした。手術をされていた人が帰るようだ。「また、お願いします」とか言っている。「はい、はい。お疲れ様」。軽い調子の声が聞こえ、やがて、お待たせしました、と小磯が顔を覗かせた。

——今の人、ここで僕のせじゅつを、長く受けてる人なんだよ。

小磯は顔をほころばせた。近くで見るその顔は、このあいだ家へ来た小磯と、どこか重ならず、初めて見る人のようだ。こんな人だったろうか。マッサージをしてもらえば思い出すのかもしれない。麦は自分が、小磯の顔でなく指のうごきのほうを覚えていたのだと、ようやく理解した。

——どうだい、そのお茶。

——おいしいです。なんか、ほっとします。

すると小磯は、ポットを傾け、麦の湯吞み茶碗に、茶をつぎ足してくれた。

——このお茶、ここで売ってるから、気に入ったら、いつでも買えるよ。あのさあ、来る途中、小学校で運動会をやってたでしょう。

——はい。

どうして知っているのだろう。そんなことにもびっくりしていると、小磯がさらに優しい顔になって、

——運動会みるのが、ぼかぁ、好きでね、今日はぶらぶら、行ってみようと思ってたんだ。そしたら患者さんが来ることになって。

麦は黙ってうなずくばかりである。

――ぼくは結婚したこともなくって、ずっと一人で、子供も孫もいないけど、子供を見てると飽きないんだ。運動会、小さな子がいっしょうけんめい走ってるだろ、そういうの見ると、なんだか面白くって。いや違うな。なんだか悲しくなってきてね。そう、子供の運動会って、うっすら悲しいよ。むかし、仲間はずれにされた記憶がうずいてくるのかねえ。ところでさ、あれからどうしてた？

あれからのあれとは、小磯が最後に麦の家に来てからという意味だろう。麦が黙っていると、

――お母さんはお元気ですか。おばあちゃんはどう？

祖母のことを尋ねられ、あっと思う。本当に長いこと、祖母と会っていなかった。実を言えば、祖母の存在をすっかり忘れていた。誰かを思い出すとは、不思議なことだ。麦は思った。思い出さない限り、そのひとはいるのに、いないことと同じことになる。麦に思い出されなかった、祖母の孤独を麦は思った。

――母は変わりないです。祖母とは、実は、しばらく会っていなくて。

――おばあちゃんは一人暮らしだろ。

――はい。

――たまには孫の顔が見たいんじゃないかい。きっと喜ぶよ。おばあちゃん、ああ見えてプラ

イドが高いしなあ。大丈夫だ、大丈夫だ、一人でやれるって、若いもんの手助けを、遠慮というより拒んだりして。だけど実際は心細い。弱ってるんだ。それが現実なんだ。高齢者が、何に困っていて、何に不自由を感じ、どんなことができないのか、何を手伝ってほしいのかは、案外、家族でもわからないもんでね。自分がようやくその年になって、理解が追いついてさ、ああ、あのとき、こうしてやればよかったと後悔する頃には、もう相手は死んでいる。全部、これヨ。その人の身になれって簡単に言うけどさ、人の身になるって、ほんと、大変な力がいるもんなんだ。ていうか、できない。おじいちゃんがいなくなったから、家はがらんとして、寂しいだろうと思うよ。三人そろって暮らせばいいのに、なんでまた、離れているの、いっしょに暮らしなよ。

小磯の言い方は優しく穏やかだが、内容は容赦のない、厳しいものだった。母の佐知は一人っ子で、麦もまた一人っ子で、小磯の言うとおり、母と祖母、それぞれの配偶者が亡くなった今、残された三世代の三人が集まって暮らすのは、当たり前のことのようにも思えてきた。すると、「あたし、初めて一人暮らしするのよ」とさりげなく漏らした、祖母の言葉がふと蘇ってきて、一人暮らしにあこがれていた麦は、そのとき、うらやましいなと思ったことを覚えているけれども、とんでもなかった。祖母は逆に、心細いわ、という意味で言ったのかもしれない。小磯に言われて、初めて気づいたことだったが、同時に麦は、うるさい人だなとも小磯を思った。他人の家の事情にずかずかと入り込み、指示するようなことを言う。多分、母は、小磯のこういうところが嫌いなのだろう。人は言われたことの内容が正しく思えるほど、耳を塞ぎたくなるものだ。

――麦ちゃん、あんたの身体のほうはどうなの？

――ずっと、朝、起きられなかったんですけど、今日は少しエネルギーがわいて。ここまで歩いて来れました。

――おお、すごいじゃん。学校へは行ってないんだろ。

――はい。

――そんな選択もありさ。行かなくちゃならないということはない。ずっとトンネルのなかだったんだ。そいで今日、家から出られた。めでたいじゃないか。闇を抜けたな。生まれ直したと思えばいいよ。テニスやめたんだよね。体を動かしたほうがいいな。頭を休めてね。水をいっぱい飲んで。いい水を飲むんだよ。悪い水はだめ。それから質のいい野菜を少し。もちろんユーキがいいな。肉も必要だが、たくさんはだめ。卵もねえ、よく選ぶ必要がある。薬剤を使ったり、わざとぴかぴかにてからせたようなのはだめだよ。放し飼いにされてる鶏が産んだ、黄身がこんもりと弾力があるようなのがいい。そうじゃないのはだめ。

だめという音には、意味以上の何か、黒いもやもやとした煙のようなものがある。麦は胸がふさがり、

――だめだめって、何を食べればいいんですか。

一気に言う。言えたと思う。しかし言い切ってみると、自分の言葉が、思いのほか強い響きがして、言った本人も少し驚く。だが小磯には、なんでも言えるような気がする。言っていい、と思う。小磯は少し気圧されたような顔をしていたが、

――ああそうだ、そうだな、そのとおり。

反旗を翻されたのに、うれしそうな顔をしている。麦もつられて図に乗った。

――お母さんも同じだよ。食べ物に優劣をつけて、自分がいいと思うものばかりを押し付けてくる。地方からお取り寄せとか、ちょーうざい。てか、つかれる。みんな、カロリー低い、自然食とかって。わたし、やっぱ、バターとか肉とか、ハンバーグとか、スイーツとか、甘くてすぐに食べれるもの大好き。

――ははは。あんた正直だし、幸せものだ。そうか、お母さん、そんなに体にいいもんが好きなのか。なに、そんなに難しく考えなくていいんだ。ぼくの言ういいものは、できたら、ってこと。なるべく、ってこと。だめなのは食べ過ぎ。

――ほら、また、「だめ」が出た。

――ははは。せっかく来たんだから、少し、リラックスしていくかい？

――リラックスってなんですか。

――指圧のことだよ。

――でもお金持ってないから。

――そんなものは後でいい。なんなら、今日は、「お試し」ってことにするかい。費用はかからないよ。十分くらいのことだ。あ、そうだ、終わったら、朝、焼いたばかりのスコーンがあるから、温め直してあげよう。スコーンって知ってるだろ。ぼくはお菓子を焼くのが実は趣味でさ、たまに作る。材料を吟味してるから、すごく美味しいぞ。一緒に食べてくれる人をしょっちゅう探してる。患者さんにはあげないんだ、これ秘密だぞ。

小磯が何だか、「おばさん」に見えてきた。昼を食べていない麦のお腹が、ぐうと反応する。母はそういうものを焼く人ではない。グルテンを好まず、よってパンを食べず、ご飯一辺倒、それも玄米だ。その点、小磯のほうがゆるく思える。麦が何も答えないことが、ここでは承諾の意味となって小磯に伝わった。

――じゃあ、こっちに移って。

6　芋虫

帰宅した佐知は、玄関に立つなり、家じゅうが、いつになく静まり返っていることに、すぐに気がついた。いや、この家は、いつだって静かなのだったが、静けさにも、いろいろなレベルがあって、いまこの時のこの家の静けさには、生きているものがここに一人でもいたら、わずかでも感じられるはずの、空気の揺れや温度がまるでなかった。かーんとしていた。家はからっぽだった。麦がいない。そう直感しながら、大きな、朗らかな声で、ただいまぁと声を出す。自分の演技がうすらさむい。

不在が生み出す独特の空気圧。いないというそのことが創り出すエネルギーは、誰かが存在することのエネルギーと、ほとんど変わらないか、ときにはそれ以上の重苦しさだ。麦はどこへ出かけたのだろう。

ふと、意識が、実家で一人暮らしをしている母に向かう。母もまた、他に誰もいない、一人であることの空気圧に耐えているのだ。かつては二、三日に一度のペースで実家に通い、母の様子を見に行っていたのだが、この頃、佐知は冷たい娘である。いつのまにか、母を助けるための実家通いが、週に一度くらいの頻度になっている。仕事が終わってからだから疲労もあった。まだ大丈夫だ、まだ、なんとかなるだろうという、自分に都合のよい言い訳もしていた。だが母はもう、限界なのだ。膝が痛くて、外を思うようには歩けない。だから佐知が、買い物をしてくれるだけでも助かると言っていた。母の一人暮らしは限界なのだ。

けれど佐知は、母との同居に躊躇《ちゅうちょ》している。同居とはすなわち、母を海辺の家へ、引き取るということを意味していた。生活スタイルがまるで違う、古い実家へ戻るなどということは、考えられなかった。麦の学校の問題もあった。親は重い。家族は重い。実家と自分との往復が、いつまで続くのかと問うこととはすなわち、いつまで母が生きるのか、生きるつもりなのかと問うことと同じだった。

そっと階段を上がる。いつもはピタリと閉じられているはずの麦の部屋のドアが、不安げにうっすら開いている。向こう側へ、ツーンとドアを押す。少し勇気がいった。麦がいたらどうしよう。バラバラに解体されていたらどうしよう。時折、佐知のなかには、そうしてまるで望んでいるかのように、ばらばらになった麦のイメージがあらわれては消えるのである。

やがて視界に、空っぽのベッドが飛び込んでくる。そのときにはもう、もがれた腕や足、血の赤もパッと消え、佐知はドアの前に一人、立っていた。

まだ幼児だった頃、麦は天使といっていい子供だった。容姿も可愛いが、声が甘く、よくさえずる鳥を飼育しているかのようだった。道行く人の誰もが称賛した。まあ、可愛い。自慢だった。夫は掌中の玉を磨くように、麦をいつくしみかわいがった。佐知はそんな麦を、どこか絵のなかの子供のようだと思い、産んだ実感が持てないこともあった。美しい子供を連れて歩くのは、いつだって幸福で、夢中で育てたことには変わりはない。どんな親でも自分の子供の一挙手一投足を、見飽きるなんてことはないだろう。しかしもし、麦が醜かったら、あんなに執着して育てただろうかとも思う。

さまざまな子供がいた。麦よりも可愛い子などはそうそういるはずもなかったが、愛嬌のある子、賢い子、目鼻立ちの整った子はいた。その一方に、変わった子、醜い子、劣った子、意地悪な子、反抗的な子、目立たない子がいた。無意識のうちに麦と比べ、佐知はそこで、言葉にならない優越感に浸った。浸れた時代に今、佐知は復讐されている。麦は今、芋虫のように全体、太り、どことなく垢抜けない、さえない娘になった。

そんな麦を知らずに死んだ夫は、幸いだったと佐知は思う。当時も、麦の本当の味方は夫だった。麦以外、目に入らぬほどの可愛がりようだった。外面のよい彼は、娘一筋のエゴイスティックな態度を、なるべく見せぬよう、慎んでいた。それでも、小学生になると、かつて学生時代にやったというテニスを、熱心に麦に教え込んだ。お金も時間も惜しまなかった。土日の試合には、ほとんどかけつけ、必ず、録画。負けるとその敗因を徹底的に分析した。

いつしか夫は、学校でも、パパコーチとあだ名され、麦の行くところ、どこにでも姿を現した。よくやるなあと佐知はそのエネルギーにあきれ、いや、よくやってくれて助かるとも思い、麦のマネージャーと化している夫を、遠目に見ていた。

同性の親子はむずかしい。すこし距離を取るほうが、つきあいやすい。佐知はそうも思って、麦の行事になんとなく出不精になっていた。それで父子家庭かと勘違いした人もいる。テニスの選手としての麦を、佐知は親子なのに、遠く感じていた。

万事が公立育ちの佐知には、そもそも付属校独特の、恵まれたエリート臭がなんとも好きになれなかった。ほどほどに勉強しておけば、大学まで一直線。社会に出ても、強力な人脈で守られていると聞く。実際、在学中からそんな雰囲気がある。その点、私立一貫校育ちの夫は、違和感を持つこともなく、麦とともにこの環境を楽しみ、麦が生涯にわたって、世の中のいわゆる上層部の人間と付き合い、結婚することを望み、それを当たり前のこととして疑っていなかった。

娘に夢中すぎるのではないか。夢中になりすぎることで、本来なら無限大ほどもある麦の可能性を、最初からつんでいるのではないか。そんな心配をするのは佐知ばかりで、麦も死んだ夫も、佐知をうっすらと馬鹿にして見事なペアを組んでいた。結果として、麦は佐知の懸念を軽々とふり払い、どんどん能力を伸ばし成長した。ある時期まで。

そう、ある時期までは、たしかに、努力しただけの結果を、少なくともテニスにおいては、見せてくれた。麦もすごいが、夫もすごい。佐知だけが、そんな家族の輪から外れていた。そんななか、夫が急死、佐知は麦と、直接、向き合わざるを得なくなった。

佐知ばかりでなく、麦のほうにも、母親に対する、微妙な遠慮と戸惑いがあった。目の怪我、テニスの中断、そして不登校と次々、門が閉ざされていって、麦はなんとなく、もっさりした感じの、重い印象の少女になった。体つきも、テニスをやめたので、無駄のないかつての体に、だいぶ脂肪がついた。どうにでもなれといった放埒さや、自分は変わらずともこのまま行けるといったたぐいの図太さが、自分を裏切って、目のはしに出る。麦の神経は日増しに太く、開き直っていくようである。

部屋の中からは、時折、「くそっ」とつぶやく麦の声が聞こえた。「シネ」という言葉もよく吐き出された。時々、英語の罵りも混ざる。麦の学校は、多彩な人材を揃えることを理由に、いわゆる帰国子女を、特別枠でかなり多く採っている。入学以来、そういう仲間に教えられたものか、英語の罵り言葉を覚えては、よく持ち帰ることもあった。彼ら高校生は、それでなくとも、男女を問わず、美しい言葉よりも、まずは汚い言葉や罵り言葉をクールと感じ、そう言うものから身につけていく。スペルなどわからない佐知にも、麦の発した罵り言葉は、耳に残るというより、こびりついた。ひと昔前なら、オーマイゴッドとか、オーマイゴーシュなどが聞かれたものだが、そんなのはかわいいほうだ。アスホール！（Ass Hole！）とか、ホワッザーヘル！（What the Hell！）。音を頼りに調べてみたら、前者は「尻の穴！」、後者は「なんという地獄！」。「マジか」というくらいの意味だろうか。学校に通わなくなった今も、そうした罵り言葉は、体のなかにしっかり残っているようだ。

本音を言えば、佐知のほうこそ、呪いたい。罵りたい。自分も含めた何ものかに向かって。それは決して愛などではないはずだが、まるで愛のようにも見え、そして罵りたいもののなかには、死んだ夫もいた。そして麦もいた。

麦さえいなければ。口にせずとも、佐知はこの頃思ってしまう。彼女はまだ十六だった。だが同時に、もう十六なのだった。子供も産める。結婚もできる。驚くことに、麦の不在を確認した後も、佐知には、子を案じる親らしい感情は生まれてこなかった。

その日は夕食の時間をはるかにはみ出して、のっそり麦が帰宅した。「ただいま」と不機嫌に言い放つと、めずらしいことに自室に直行する階段を上らず、リビングのほうへ入ってきた。表情はいつものように固く不機嫌だが、佐知には、何か、麦の演技のようなものが感じられた。声の底に、華やぎのようなものがある。時計を見ると、八時半だ。

いつもなら、母との対話を拒むように、すぐに自分の部屋に上がってしまうのに。

——遅かったわね、無事でよかったわ。

スマホを持たせているから、こちらからはもちろん、麦からも連絡することはできた。だが、こうして帰ってくるまで連絡はなく、佐知のほうも、手綱を離したいような気分になって、自分からの連絡をあえて控えたのだった。そうすると開放的な気分が広がり、自分自身が、母親という桎梏《しっこく》から束の間、解かれたような気持ちになった。それでいい。何か事が起きたのだとすればその時に考えればいいことだ。自分にできるのは、その時のために常に「覚悟」というものを腹の中に持っておくこと。

佐知の母も、佐知がすっかり大人になったとき、つくづくという顔をして言ったものだ。

〈子供を育てることはおそろしい、いつ何が起きてもいいように、腹をくくって覚悟しておかなければならない。被害者ならまだいい。加害者になることだってある。幸い、あんたは事件に巻き込まれるようなことはなかったけれど、見ていてはらはらすることはたびたびあった〉

具体的に、どんな話か、と問うても、母は笑って答えなかった。親にそんな覚悟をさせるほど、佐知は不良をやっていたわけではない。しかし、何かと男の子が寄ってきて、性的な成熟が早かったのは事実なのだ。一見おとなしく真面目に見えるから、誰もがいいお嬢さん、の一言で片付ける。

もっとも、隠れてたばこを吸ったり、初めての性体験をした時も、そして恋人に振られたときも、もしかしたら母には、すべてお見通しだったのかもしれないと思う。母が怖いのは、何も言わないこと。言わないが、見ているぞという圧迫感を佐知に及ぼす。そして実際、見ているのだ。まわりには、仲がよくて双子のような母娘がいたが、佐知と佐知の母はそうではなかった。常にひんやりとした距離があった。そして今、佐知と麦も、同じ母娘の型を繰り返している。一人娘だった佐知から生まれた麦は、予定してそうなったわけではないが、結果として一人娘になった。

――夕食は食べたの。

――うん、軽くね。もう要らない。

――ともだちと？

――ううん。

麦にともだちなど、いないことがわかっていて聞いてみる。

――一人？　まあ、たまにはいいわよ。もう高校生なんだし。

佐知はそう言ってから、まるで自分に言い聞かせるみたいだと、おかしくなった。そもそも麦は、佐知の作った食事を、昔から喜ばない。

――一人じゃないよ。

――へえ、誰と。

――マッサージしてもらったんだ。

――え、まさか、小磯さん？

――そう、まさかの小磯さん。小学校のある町の、少し向こう、海の近くの住宅街を、ふらふら歩いていたら、偶然、小磯治療院を見つけたの。

――まあ。驚いた、それで訪ねたと言うわけ。

――うん。マッサージをしてくれて。夕食と言っても、軽いものだよ。おやつだな。スコーン、すごく美味しかった。ジャムつけてたくさん食べちゃった。手作りだって。

――小磯さんが？

――そう。小磯さんが作ったんだって。すごいよね。なんか、ママよりずっと、お母さんみたい。安心感ある。

近所に住んでいるのだから、いつかそんなこともあるだろうと思っていたが、それはあくまで、佐知を通してのことだ。こうして麦が直接、小磯と繋がったことを知ると、自分がまた、除け者になったような気がする。

――近いとは聞いていたけど、ほんとに近所なのね。

――小磯治療院って言うんだよ。

——偶然、見つけたからって、随分、簡単に入るわね。お金だってかかるでしょう。

——あ、ごめん。簞笥《たんす》から三万円、貰いました。

——気づかなかった。三万も。それで払ったの。

——ううん。「お試し」にしてくれて、要らないって。怒らないでよ。

——ああ、もう、怒りどころがたくさんあって、どこから何を怒っていいのか、わからない。

——お金、返すよ。

——昼間、必要なものもあるでしょうから、一万は手元に残しなさい。必要な時は、内容と共に申告。わかってるでしょう。それから小磯さんね、おじいちゃんの最期を手助けしてくれた人と言っても、わたしは実はよく知らないの。あなたも少しは警戒して。家が近いなら尚更のことよ。

——近いといえば近いけど、うーん、だけど、微妙にあるかな。歩いて三十分はかかるかも。古い民家で雰囲気あるのよ。それに小磯さんってママが言うほど怪しくないよ。むしろ、いい人だよ。家族はいないんだって。ずっと一人みたい。清潔で小綺麗な家だった。

——ここは前に住んでいたような都会とは違う。夜になると、本当に真っ暗。小磯さんだけじゃなく、一人の時は、万事に気をつけて。

麦は本当の闇を知らない。

――わかってる。小磯さん、心配して途中まで送ってくれたよ。死んだおじいちゃんも、遊びに行くと、帰りに必ず、送っていくと言って、自転車引きながら見送ってくれたよね。

そうだった。佐知一人のときもあったし、麦が一緒のこともあった。そのことを覚えている娘がうれしい。あの角のところまでとか、佃煮屋のところまでとか。佐知が振り返ると、いつも自転車を押して帰っていく父の後ろ姿があった。

どこかで人は別れなければならない。しかし、そこまでは――別れるところまでは一緒に行く。一緒に歩く。

父が小磯にマッサージを施してもらっていた時、代金は、一回、一万を軽く超えていて、それが月に五、六回に及んでいたと聞く。父が亡くなったあと、母が言っていた。そして、その人が単なるマッサージ師というより、もう少し父母たちの人生に、深くからみあっているらしいことも、母の話から想像はついたが、当時、佐知は、それ以上、立ち入るのを遠慮した。遠慮というより無関心だったと言う方が近い。それが今日までの付き合いに及んでいる。尾を引いている、と言ってもいいかもしれない。

しかしあの倹約家の母が、自宅に小磯を呼んで、マッサージをしてもらっていたという事実は、いくら思い返してみても腑に落ちるものではなかった。高齢者二人をうまくまるめこんで、小磯がいいように代金をまきあげていた、のではないか。どういう経緯でそうなったのか。聞いても母は、口ごもって言わない。というより、自分でもよく思い出せないようだし、佐知が責めると、「そんなに悪い人じゃないわよ、あのひとのおかげで、お父さんも畳の上で死ねたんだから。最後は、ありがとう、って」。

父が亡くなる間際には、マッサージというより、何か、よりよく死ぬための、説話のようなものを講義してくれていたとも聞く。「マッサージといってもね、そう、よくなるわけじゃない。だけど、断りきれなかったし、要は、マッサージより、看取りなのよ、お経も上げてくれたしね、葬式の方法やら、死後の魂の話なんかもしてくれて、お父さん、安らかに逝けたから、看取り代も、最後、まとめて、きちんとお支払いしたわよ」。

佐知は驚く。親族がするなら無料のことも、結局、小磯が絡んだことで、全てに金銭が発生している。

結局、小磯に払った費用の総計を、母は決して明かさなかった。計算することをどこか拒んでいるふうでもあった。面倒ということもあったろうが、おそらく、それがかなりの金額になることを母はよくわかっていて、自分で確認するのが怖かったのだろうと思う。もっとも佐知には、おおよその見当はついていた。施術代と出張費で、月十万円近い出費になっていたはず。そして看取り代というのが不明だけれど……。父母たちは、決してゆとりのある生活をしていたわけではない。

──あのね、麦、無料《ただ》より怖いものはないって言うでしょう。対価は支払っておかないと、関係が不均衡になって、それが負い目になるわよ。なんでも甘えちゃだめ。

佐知自身は、若かった頃、若いというだけでちやほやする周りに甘えていた。そしてそれに気づけなかった。今、麦に何を言っても無駄だろうと思う。自分が実際、生きてみなければ。

──別に、甘えてないよ。小磯さんが勝手によくしてくれただけ。じゃあ、お母さんは、このあと、何か怖い事が起こるというの。だって死んだおじいちゃんもおばあちゃんも、お母さんもよく知ってる人でしょう。この間は、うちにも来たじゃない。

──わたしは知り合いだからって警戒を解いたことはないわ。

──マッサージ自体は、どこも悪くないと思うけど。逆にすごくいい感じ。マッサージしながら、いろんな話もしてくれて、死んだおじいちゃんのこととか。ママのことも話に出たよ。

──え？　なんて？

──それは……秘密。言っちゃだめだって。

そう言うと、麦は、少し自嘲的な笑いを残し、ソファから立ち上がった。立ち上がる際、リュックの中から小さな財布を出し、佐知にきっちり二万円を戻すのを忘れなかった。

小磯からマッサージを受けたというあの日、麦の表情には、かすかに変化が表れたようにも見えた。しかしその後も学校へ行くようなことはなく、日々は、緩慢に過ぎていった。

学校からは、こちらから連絡しない限り、連絡が来るようなことはなく、先生にも半ば、見放された感じだ。学期の終わりには期末テストがあるから、そこで双方、一つの結論が出ると思う。呼び出しがくるのは必至だった。今までも何人かの生徒がそうされてきたように、穏やかで優しいもの言いで、突然、放校を言い渡されるのではないだろうか。実際、麦の同級生が、成績や素行の悪さを理由に、あっさり退学となり、学校を去っていったのを、佐知は覚えている。

海辺の町には秋が深まっていた。

海水浴客がいなくなると、地元のサーファーたちは、イルカのような水中服を着て、サーフボードをかかえ、時折、浜へ降りていく。最近は、パドルボードといって、板の上に立ち、櫂《かい》を使って、海を漕ぎわたる新しいマリンスポーツも流行っていた。

ものの影が濃くなり、ここまで届くはずのない波音が、微かに佐知の心をざわつかせた。

勤務先の郵便局までは自転車で行く。

家を出てしまえば、この頃では、麦のことも意識の外に出てしまう。学校に行かないということは、大きな挫折に違いなかったが、命はある。まだ生きている。大丈夫だ、麦は、とそれだけを思う。いや、願う。

郵便局へ向かうことは、地理的に言えば、小磯治療院に近づくことでもあり、海へ向かって降りていくことでもあった。海面に反射する朝の光を見ていると、このごろ、佐知の底に眠った記憶が浮上する。自分から思い出そうとして思い出すわけではない。なんといったらいいか、思い出そのものが、自然、わきでる、という感じだ。

佐知にもまた、海でおしげもなく自分の肉体をさらし、恋のような恋でないようなものにおぼれた日々があった。それは痛みを伴う記憶でもあって、めったに思い出すことはないはずだったが、なにかの折に浮上して、佐知に幾度目かの痛みと、同時に甘美なものを運んだ。

太陽が思考をとかす浜。海に入ることもなく、朝から夕刻まで、パラソルの下、昼寝と読書、妄想とに、蕩尽《とうじん》した若い日々があった。夕暮れはあのときも、思いのほかすぐに来た。太陽が水平線に落ちるまで、浜辺にいる人はまれだった。家族連れなどは、午後も三時、四時を回ると、パラソルをたたみ、浜に広げたシートをはらって、ホテルや宿へ帰っていく。子もなく、夫もなかった頃の若い佐知は、夕日を見ることを仕事のようにして、見終わるまでは、浜から動かなかった。

あの頃、毎夏、ともに海辺のホテルで時間を過ごした人は、死んだ夫とは別のひとだ。結婚する前、佐知にもまた、長い青春をすごした恋人がいた。マリンスポーツの得意な人だったから、佐知も努力して、海に親しんだ。最初は確かに努力したが、そのうち、本当に、海が好きになった。泳ぎも上手くなり、太陽に焼かれることも、平気どころか、好きになった。結婚しようと言われたとき、返事をするまでもなく、そうするのが当たり前のことだと佐知は思った。その間も、いっしょにいることが楽しくてならなかったのに、夏が終わった時、相手は佐知に不意にあき、別のひとと結婚した。別れの言葉はなかった。一度は結婚を約束し、そしてその約束は、ずっと続いているものと思っていたから、佐知の絶望は深かった。永遠の約束など、それ以来、信じていない。約束というものは、いつか知らぬ間に失効しているものなのだ。

そんな過去があったのに、自分はなぜ、海の近くに越してきたのか。佐知は自分がわからない。結婚し、麦を生んで、佐知はすっかり、過去を忘れた、はずだった。

行為の最中に、「声を上げろ」とその人は言った。散々、すみずみまで声をあげて、佐知は幾度も自分が空っぽになった気がした。だから結局、捨てられたのか。今もまた、あの人は、誰かにカラカラになるまで声をあげさせているのだろうか。そこまで思ったとき、そんな想像をしかけた自分に、心底、嫌気が差して、自転車を漕ぐ足に力を込める。海はキラキラと反射するばかりだ。

清水北郵便局。今朝もまた、裏口に自転車を止め、窓口に座る。岡田くんが来て、しゃがみこんで言った。

――洞門さん、さっき電話がありました。番号、メモして、机に置いておきました。後で返してください。

共有すべき電話は、報告書の方に書くから、岡田くんが取ってくれたのは私的な電話だろう。

誰からだろう。メモを見ると、そこには実家の電話番号が記されてあった。

7　ダルマさんが転んだ

実家なら母からだろう。だが母は、よほどのことがない限り、勤務先への電話は慎む人だ。そのよほどのことが起こったのかもしれない。携帯を手に、裏口を出た。窓口を開ける時間まで、わずかだが余裕がある。

母に何かあったとしても、それはそういう運命だったと諦めるしかないという、静かな腹の括り方を佐知はしていた。父が逝ったとき、泣かなかった。悲しいという言葉には違和感があった。父が父の生を全うしたという、ある充足感があったからだと思う。娘だからって、一人の人間の生を、十分に生きたなどと、拙速に決めるのは冒瀆だと思う。それにしても父の死は、どこか、みやびな植物が、しなび、枯れ、朽ち果てていくような静けさがあった。

その死をもって、子は初めて、見えない親の桎梏を解かれる。なんという長い人生だったかと、死んだ父を思う時、同時に佐知はこうも思う。父の娘としてあった時代は、同じだけ長かったのだと。しかもその娘という役は、父の死後も続いていて、その意味で、父は死んだが「存在」していた。

職人だが、穏やかな性格だった父は、親ながらどこか純粋な善人で、守ってやらなければならないようなところがあった。それに比べると、母は猛者《もさ》で、しっかりしていて、かわいそうなところはない。「一人の食事は、食事じゃないわね」と言い、一人分の調理を億劫《おっくう》がりながら、その実、一人を案外、楽しんでいるように見える。都合の良い解釈だろうか。いずれにしても、佐知にはいまだ、母を摑みきれていないという思いがある。女というものは、皆そうなのかもしれない。ぬるぬるしていて、ウナギのように逃げる。その本質がなかなかわからない。

実家にワンプッシュで電話をかけた。いつもは、七回、コールし、出なければ切ってしまう。この時は、十回くらい待ち、その甲斐あって、十一回目に母が出た。

――わたしよ。佐知。

――どうしたの。遅いわねえ。今日は来るって言ったじゃない？

――こんな朝から？　そんなこと、言わないわ。

――ううん、言ったわよ。行くって。待ってたのよ。

紛れも無い母の声でありながら、初めて聞くような、老女の声だ。まずは生きていることが確認できた。だが訳のわからないことを言っている。佐知は行くなどと、一度も言っていない。郵便局勤務があるのだから、電車に乗って、ドアからドアまで一時間半以上はゆうにかかるという実家に、簡単に行くことなどできないのは、母も十分わかっているはずだ。

一呼吸置いて言う。

——お母さん、誤解してる。

——あらそう。じゃあ、昨日は？　昨日、あんた来なかった？

——ええ？　なに言ってるの？　昨日も、行ってない。

——あら、変ねえ。昨日、あんたが来たような気がして、玄関に出たら、扉を開けても、まっくらで誰もいない。時計を見たら、三時じゃないの。

——三時って、真夜中の？

——午前三時よ。

——ひえーっ。そんな時間にお母さんのところへ行くわけないいじゃない。いい加減にしてよ。

——そうよねえ。だけど、そのあと、あんたが座敷にあがってきて、お母さん、と呼ぶのよ。

確かにあんただった。

認知症にも色々あると、医学書を読んで知ったのは、ついこのあいだのことだ。レビー小体型認知症という特殊な認知症があって、日常では、あまり記憶障害が出ないかわりに、幻聴や幻影を見るらしい。

佐知は早く窓口に戻らなければならないというあせりから、つい言い方がきつくなるのを自覚しながら、母とともに自分を落ち着かせようと、優しい声音を意識し、

――あのね、お母さん、わたし、今、勤務中で、これからすぐに窓口に座らなければならないの。手紙をね、出したいという人が窓口にたくさん、やってくるのよ。

まるで相手が小学生であるかのような言い方をした。

――ああ、あんた、仕事中だったのね、悪いことをしたわ。

不意に母がまともなことを言った。

――今日、仕事が終わったら、すぐに行くわ。夕食、いっしょに食べましょう。

――こっちは大丈夫よ。なんで電話なんかかけてきたの。

――そっちからかかってきたから、かけたんじゃないの。

――ああ、そう。したかしら。

すると電話口の向こうが、ざわざわとして、だれか見知らぬ声がまざった。

――お母さん、そこに誰か、いるの？　それともテレビの声？　こっちからは見えないのよ。

――え？　なんだって。たくさんのことを次々、一度に言わないでちょうだい。耳が遠くなってるんだから。

――お母さん、誰か、そこに、いるの。

――ああ、いるわよ、小磯さん。

――小磯さんが、そこにいるの？

――ええ、いらっしゃいますよ、代わりましょうか。

――まあ、なんで、いるの。こんな早くから。

――この頃、よく見えて、助けてくださるのよ。電話があって、次の日来てくれて。

次の日とは今日のことか。今日だの明日だのおとといだの明後日明々後日と、時間脈が入り乱れ、母も混乱しているが、佐知も混乱している。

やがて佐知のよく知る、ざらついた軽薄な声が、ぬぼっと出てきた。

――あーもしもし、もしもし、小磯です。

――あの、今、職場からなんです。こんな朝早くから、ご心配いただき、ありがとうございます。さきほど母のほうから電話がありましてね。何かあったかと。

――ああ、それね、ぼくがかけたんですよ。

――はあ。

――お母さんのことがだいぶ心配になってね。今日はたまたま、朝から東京で指圧の仕事があって。ついでと言っちゃ悪いけど、心配だったから、いの一番で寄らせてもらいました。早い方がいいだろうって。いつまでも一人で放っておくのは親不孝ですよ。それを言おうと思ったの。

どうするつもりなのって。勤務先に悪かったね。

悪い。だいたい、小磯にそんなことを言われる筋合いはない。

――あの、小磯さん、わたしも考えているんです。母のこと。娘のこと。でも、うちのことは、なんとかしますので、しばらく、そっとしておいていただけませんか。今、時間がなくてね、まもなく、郵便局を開ける時間なんです。母の状態はいつも心配していますよ。とりあえず、この電話、切ります。わたしが帰りには、必ず寄りますから。

――今日、寄るってことですか。

――そうです。今日、行きます。母と代わってください。

再び母が出た。

――あのね、お母さん、わたし、仕事が終わってから行きますから、一緒に夕食を食べましょう。何か買っていくから。用意しなくていいから。それと小磯さん、悪い人じゃないかもしれないけれど、お母さん、気をつけなさい。簡単にマッサージなど、受けるものじゃないわよ。

――なによ、変なこと言って。けちね。

――変なことじゃ無いわ。まともなことよ。じゃあ、切るわね。

小磯はどこにでもいる。どこにでも現れる。佐知は不安と怒りと気味の悪さと、どうにも名づけられない感情に取り囲まれ、窓口に戻ると、もう、局内には、待っている人の列ができていて、佐知の代わりに岡田くんが、てきぱきと業務を進めてくれていた。時計の長針は3を指していた。

その日、佐知は、久々、夕方のラッシュアワーに巻き込まれ、実家へ向かった。途中、新宿駅で降り、母への土産と夕食になるようなものを兼ねて、何か買い求めようと、デパ地下に向かって歩き出した。

駅の外が騒がしい。南口を出たところに、救急車やパトカー、消防車が止まり、大人数の野次馬が溢れている。何かあったのだろうか。自分もまた、野次馬となって、思わず駅構内を出た。

人々が空を仰ぎ、そのうち幾人かは、スマホを高くかざして何かを写している。外国人もいた。皆、無言。不思議な真顔の群れである。中国語で、どこかの誰かに電話している人もいた。

「何かあったのですか」

佐知が尋ねても、聞こえないのか、誰も答えてくれない。仕方なく、みんなの視線の先を手繰り寄せ、その先を振り返った。

甲州街道を挟んで、駅からサザンテラス側へ渡る白く長い歩道橋がかかっている。その途中の欄干に紐状のものをかけ、ミノムシのように男の人がぶらさがっていた。

首のあたりに、黒い紐がくいこんでいる。足は宙に浮き、両手もダランとして、まぶたは閉じられ、顔は眠ったように、微動だにしない。蠟《ろう》細工の人形のように蒼白だ。

すでに死んでいるのか。公衆は、それを知っていて助けないのか。消防車がとまっていながら、警察は何をしているのか。これだけ多くの人がいながら、情報が閉ざされ、あってもばらばらで、ぶらさがった体だけが、人々の面前にさらされていた。

若い男で服装の乱れがない。胸に斜めにバッグをかけていて、靴も靴下も、セーターもジャケットも、なにもかもが普通に整っている。どこかですれ違っていても不思議はない人だ。

人通りの多い都心の駅。誰もが行き交う、その真上にかかった橋で、男は自らを吊って死んだ。

佐知の顔が潰れたように歪んだ。

消防隊員が梯子をかけ、長く公衆の目に晒《さら》された死者に、ようやく青いビニールの覆いをかけた。その下から、どこにでもあるようなカジュアルシューズを履いた、二本の足が垂れて出ていた。

歩いても歩いても、背後から、誰かがついてくる。追い払うが、その人はしつこい。振り返ると、その人は消える。歩き出すと、また、靴音がする。

ダルマさんが転んだ、

ダルマさんが転んだ、

闇のなかで子供の声がした。

ダルマさんって一体、誰のことだったのだろう。あの遊びに参加していたのは、鬼とそれ以外の子供たち。ダルマさんというのは、鬼の唱える呪文のなかにしか、存在しなかった架空の人物だ。けれど子供たちの意識のどこかに、転倒した、不吉なダルマさんはいないだろうか。早く、早く、一刻も早く、倒れたダルマさんを抱き起こさなければならない。

ダルマさんは転ぶ。転ぶダルマさんは、口をきかない。転んだまま、あの大きな目で、転倒した世界を見ている。

誰か早く元に戻して。ダルマさんを立て直して。

ダルマさんが転んだ、

ダルマさんが転んだ、

鬼は声をあげて、子供たちを捕まえる。そうして自分の指に繋ぎ、人質として軟禁する。

ダルマさんが転んだ、と鬼が言い、振り返るまで、子供たちは自由自在に動くことができる。ただ、振り返った鬼に見つかり、見つめられたらすべてはおしまいだ。

捉えられた仲間の子供を救おうと、勇気を振り絞って鬼に近づく子供もいる。

ダルマさんが転んだ、

ダルマさんが転んだ、

鬼が呪文を唱え終わり、振り返ったそのとき、子供たちは足を止めて固まったふりをする。鬼に見つめられたまま、固まり続けている子供が、今もどこかにきっと、いるのではないか。

実家へ到着すると、母は暗い居間に座り、あら、珍しい、来たの？　と意外そうな声を出した。行くって言ったじゃない、と言う言葉を飲み込み、母の顔を見るというより、観察すると、いつもとあまり変わってはいない。

母の妄想は、寝起きや寝入り端《ばな》に起こるらしく、起きている間は混乱もなく、耳が遠くなったくらいで、普通の会話を交わすことができた。しかしいずれ、崩壊のときは来る。母はほろびる。ほろびる母よ。この自分もまた、ほろびることが、母を見ていると、はっきりわかる。

翌日の勤務や麦のことを考えると、どんなに遅くなっても、一度は自分の家に戻るより他はなかった。電車に乗って、町から町。遠い距離を移動する。夕刻、新宿駅で見た、縊死体《いし》のことも頭から離れなかった。あの蒼白な顔、二本の足、無力に垂れ下がった両手。なぜか、他人と思えない。

その日も小磯のことを、母は決して悪くは言わなかった。話を聞いてみると、佐知の知らないうちに、すでに幾度も小磯は来ていた。そのたび母は、マッサージをしてもらい、何を言われなくとも、高い施術代をその都度、支払っていた。年金暮らしの母には、身分不相応な金額と言ってよかったが、小磯にとってみれば、そんな母も、十分な財産家に見えたのかもしれない。実際、地味な暮らしではあったが、生活に困らないだけの財産を、父は母に残して逝った。東京の便利の良いところに、こうして土地と雨つゆをしのぐ家を持っているというだけで、十分な老後と言えるのかもしれなかった。

——あんたはいつも悪く言うけど、あたしだって人を見る目はまだ確かよ。小磯さん、電話であたしの様子が、ちょっと変だからって、わざわざ心配して来てくれたのよ。こっちは、変なんて言われても、何のことだか、自覚なんて無いんだけれど、ああいう商売の人は、声の調子一つで、調子がいい悪いを感じるらしいよ。ありがたいことじゃない。お父さんだって、誰のおかげで、畳で死ねたのか、よくよく考えてごらんなさい。庭にだって——。

そう、実家の庭の梅の木の根元には、小磯のアドバイスで、父の骨を細かい粉状にしたものが撒かれていた。それを佐知が知ったのは、撒かれる直前のことだ。自然葬というのを情報としては知っていて、自分も川か海に撒いてほしいと思ったくらいだったが、親の骨については、本人の希望がない限り、先祖代々の墓に祀ろうと思っていた。

確かに骨の一部は、墓にも入った。だが、大方は、細かく砕き、紙に包んで庭の木の根元に浅く埋めた。

母はそのことを小磯から勧められたと言って、直前になってから、「いいね？」と佐知に了解を求めてきた。良いも悪いも、お母さんの好きにすればと、あのとき、佐知は答えるよりほかなかった。

——小磯さんはね、戒名も、お金がかかるばかりだから、いらないって言ったのよ。施術代は確かに高い。けれども相手から、むしり取ろうって人じゃない。何が一番いいか、その都度、考えてくれる人。あん時だって、木の根元に骨を撒《ま》く方が、よっぽどの供養だって。ほら、小磯さん、お父さんがよく病床から、梅の木を眺めていたことを知ってるでしょ、そんなことがあったから、梅の木の根元に撒いてあげようなんて言い出したのよ。他に誰がそんなことを言ってくれる？　ああして何もかもよくわかってくれてる人がいると、話が早いの。あたしン時も、よろしく頼みたいわ。あんたは仕事と娘のことでいっつも忙しいじゃない。

——お母さんを放っておいて、申し訳ないと思っているわ。一緒に暮らすのが、いいとも思っているのだけれど、なにかと難しい麦もいるし、迷ってばかりで実行できなくて。

正直な気持ちを、佐知は話した。

——小磯さんもね、一緒に住むのが一番いい、なんて言ってた。

わかっている。佐知は黙った。黙った佐知を母も察して、

——あたしがもう少ししっかりしていたらいいのだけれど、悪いねえ。忙しいあんたを頼るつもりはなかった。最後の最後まで、わからないものだわねえ。心細くなると、藁でも小磯でもなんでもつかめるものはって、そんな気持ちになっちゃって。自分でも情けない。

藁でも小磯でも。笑おうとして佐知は笑えない。母にそんなことを言わせている自分を、佐知のほうが情けなく思う。

——このあいだ、近所の人が小磯さんのことを、よく見るけど、ムコさんですか、なんて言うのよ。娘さん、再婚されたんですか、だって。違う、違うって言ったけれど、お父さんのときから出入りしてるから、このあたりじゃもう、顔なじみになってるみたい。

母はまんざらでも無い感じで、そんなことを言った。見知らぬ顔、知らない顔を、警戒する地域であった。


その日は後ろ髪を引かれるような思いで実家を出た。玄関脇、梅の木の前には、萩が植えられてあって、小さなピンクの花を咲かせている。もう夜だから、花の色は見えないが、外灯に照らされ、儚《はかな》く咲く小花が見えた。佐知が子供の頃、実家近くの百花園という植物園に、この萩の作る、見事な花トンネルがあり、父と母に連れられて潜《くぐ》った記憶がある。もう夏が終わりかける時だった。三人家族で撮った写真があって、だからそれは、家族以外の誰かが撮ってくれたのだと思うが、両親二人に挟まれ、少女の佐知は、怒ったような不機嫌そうな顔でカメラを睨みつけていた。

ゴミを片手に、振り返ると、母が玄関の引き戸を薄く開け、「ねえ、お経ってね、誰があげてもいいのですって」といきなり言う。そうして、般若心経の冒頭を、佐知の後ろ姿につぶやいた。なんだか、仏になった気分だ。やめてよ、お母さん、と言いかけ、母を見る。母は毎朝、仏壇に向かって唱えているのだという。

かんじぃざいぼーさつ　ぎょうじんはんにゃーはーらーみったーじー……

佐知の今日一日が浄められていく。ここへ来る前に見た、新宿駅の縊死体が、まだ佐知のまぶたの裏側で揺れている。母にはそのことを何も言わなかったが、母は母で佐知のどこかに死臭を嗅いだのだろうか。

——般若心経はね、小磯さんに教わったのよ。あの人はなかなか、いい先生だわ。

また、小磯か。小磯がそうして人の心の領域にまで、乗り込んでくるのが恐ろしい。

——小磯さん、宗教にも詳しいの？

——詳しいどころか、何かの信徒のようよ。光を信じるとかいう、不思議な宗教。へこたれない人だね。光明のようなものを信じている。信じる人は強いね。

そう言って、母は引き戸を閉めた。光を信じて生きたい。そう思ったことが佐知にもあった。そのとき、佐知は暗闇のなかにいて、明るいほうを眺めていた。今はどうか。わからない。ただ、佐知の日々をかき回すだけの小磯がいなくなったら、それはそれで、佐知の人生は、味気ないものになるかもしれない。そんな思いが不意に浮かんで、佐知は自分を少しばかり憐れんだ。

玄関横の、例の梅の木の根元には、父の骨が眠っている。骨の埋まる地表には、かつて植物が生い茂っていたが、骨を埋めるため、葉を抜き、根を抜き、場所を空けた。以来、蔦などをそこに挿し木してみたものの、なぜだかみんな、枯れてしまい、うまく育ったためしがない。今でもその部分には、禿げたように、土の色だけが寂しく広がっている。人骨はどうも植物の滋養とならず、かえって枯らしてしまうようである。

地面の下の世界を佐知は思った。死後の世界など、信じていない佐知だったが、視線の届かない、地面の下を想像するのは、なぜか嫌いではなく、考え始めると、植物の根の如く、さまざまな妄想が広がった。そんな自分を、暗いと思う。地面の下が気になるなんて、人にはなかなか言えることではない。言ったところで理解されるわけもない。

詩人の萩原朔太郎という人は、「地面の底に顔があらはれ、／さみしい病人の顔があらはれ。」という、実に病的なおぞましい詩を書いた。その詩は、さらに「地面の底の／くらやみに、／うらうら草の茎が萌えそめ、／鼠の巣が萌えそめ、／巣にこんがらかつてゐる／かずしれぬ髪の毛がふるへ出し、」と続く。初めて読んだとき、なぜ、こんなキミの悪い詩が傑作と言われているのかと佐知は不思議でならなかったが、気が付けば、自分自身が、地面の下を想像し、密かな喜びを見出している。喜びというのが変なら、暗い、好き者の変質的興味と自虐的に言ってみてもいい。地面の下を想像するだけで、佐知はなんとも言えない、温かな安らぎを覚えるのだ。

しかしその地面地の下へ、父の骨を撒くようにと指示した小磯は、温かい安らぎなどとは無関係の男であり、朔太郎が詩に書いたところの、巣に絡みつく、髪の毛のような存在だと言ってみてもいい。佐知の神経に執拗に絡みつき、振りほどこうにも離れない。

佐知は燃えるゴミを、町内の、夜の集積場にそっと置いた。角地に立つ一軒家の道路沿いが共同のゴミ置き場になっている。一人暮らしの母が出す生ゴミは、むなしさを覚えるほど軽い。実家に行った日は、翌朝が生ゴミの日ならば、こうして前の晩に出し、それをもって、母を助けたことの言い訳の一つにする。以前は律儀にゴミの日を忘れなかった母も、近頃は忘れてしまい、ゴミを溜めることがある。燃えないゴミや資源ごみはなんとかなるとしても、生ゴミだけは、決められた日にちゃんと出したい。本当は前の晩に出すと、犬やカラスに荒らされることがあるから、ゴミを出すのは、集めに来る日の朝と、世間の常識では決まっている。それを知っての上の強行突破だ。佐知は自分の家に帰らなければならないのだから。カラスが嫌がるという黄色のネットで、最後、ゴミをしっかり覆う。無責任だがあとは知らない。最悪の場合は、母に後始末をつけてもらおうという計画であった。膝が痛く、歩くのがやっとという母に。

夜のゴミ集積場へ行くと、すでにそこには佐知よりも早く出されたゴミの袋が、すでにいくつかあった。後ろめたさを覚えながらもホッとする。網で覆って、素早くその場を離れようとしたその時、一羽のカラスが舞い降りてきて、網の上からゴミ袋をつついた。夜の闇を弾くように、カラスの羽がヌメヌメと光っている。こんな夜更けにどういうわけなのだろう。生ゴミの臭いに惹かれてやってきたのか。単独の、夜のカラスは珍しい。戻る巣がないのだろうか。きっと、群れに入れぬはぐれものなのだ。

しっ、しっ、しっ、こらっ！

自分でも、思いがけないほどの憎悪が湧いた。その感情に、根拠はなかった。ただ、ただ、佐知は、黒い、カラスなるものが憎いのだった。子供のように、大きな声を出し、カラスを威喝する。お前にやるものは何もない。やがてバサバサと大きな翼の音を立て、カラスは上空へと飛び去っていった。自分の内から飛び立ったかのようだった。

その日はかなり遅くなってから、海辺の町にたどり着いた。東京よりも闇が濃い。波の音を聞きながら、家への道を線路に沿って歩き出すと、孤独が深く背骨を貫通した。そんな風に感じたのは初めてだった。

8　嵐と留年

夕刻からまた、強い風が吹きだした。台風が近づいているという。

勤務先の郵便局から帰ってくるとき、佐知は突風に吹き飛ばされそうになり、仕方なく自転車を押して歩いた。

分厚い灰色の雲が、地上を押さえつけるように広がっている。ふと死んだ父が、ふわりとそばに来て、自転車を押しながら歩いているような気がした。

実家へ寄った折、佐知が帰るというと、父は毎回のように、送っていくと言い、錆びついた旧型の自転車を押しながら、駅までの道を歩いてくれた。むしろ一人で歩きたかった佐知は、送らなくていいよと、遠慮するというよりははっきりと強い態度で、何度もじゃけんに断った。しかし父は、娘のどんなきつい態度も、なかったかのようにさらっと受け流し、なに、散歩のついでだからと、玄関を出る。今なら、別れの準備と見えるそれも、当時は何も感じなかった。道すがら、しゃべることもないが、何もしゃべらないというわけでもない。何を話したのかは忘れてしまった。駅までつくと、じゃあね、元気でと佐知は別れる。振り返りもしない。

まれに振り返って見れば、高齢の父が、少年のようにサドルから腰を浮かせ、勢いよく自転車を漕ぎながら、去っていくのが見えた。そう、たしかに、佐知の記憶のなかには、父のそんな姿が残っているのだが、改めて考えてみると心もとない。本当にそんな姿を見たのかどうか。あれは自分が作った記憶ではないか。見たはずもない、少年の頃の父が、晩年の父のなかから浮かび上がって、それが記憶として創造されたのではないか。いずれにしても、人は死んだら、人の記憶のなかで、かくも自在に生きはじめる。

最晩年、父は、帰り道も自転車に乗らず、押して歩くようになったが、それはもはや、乗るような体力もバランス感覚も失われて、自転車を杖がわりに歩いていたのかもしれない。やがて、家から数分歩いたところで、はあはあと息があがってしまって、ついに父のほうから、「今日はもう、ここまでだ」と断念し、そこから逝くまでは、ほんのわずかだった。目に見えるような衰えの段階を、そうして鮮やかに示して父は死んだ。その最期を看取ったのは、母と、そして小磯だった。

海が鳴っている。嵐がくる。晩《おそ》い秋の嵐だ。海鳴りは嵐の前触れだと、ここへ越してきたばかりの頃、駅前のドライクリーニング店のおじさんは言った。

坂道の途中で自転車が滑りそうになる。ブレーキがバカになっていて、かかりにくくなっている。わかってはいたが、修理に出していない。日常を支えるネジが、このごろ、あちこち緩んでいる。そのうち、天井が、いきなりずどんと落ちてくるのではないか。

夜になってから、案の定、大粒の雨が降り出した。佐知は夕食の支度をしながら、キッチンの小窓を覗き、大揺れに揺れる庭の木々を見た。

家から海までは少し距離がある。普段、この小窓から見えるのは、海の切れ端だが、今日、それは、雨越しに霞みながら、女の赤い舌のように暴れている。自分の口腔内がそこに開けていた。体内に海が侵入してくる。そう感じたそのとき、棚の上に載せておいた携帯電話が鳴った。麦の担任、御岳先生からだった。

麦は高二の半分以上を休学していたから、新学年に上がれるか否かは、学校での進級会議にかかっていた。その結論がついに出たのだ。

――留年です。

御岳先生の言い方は感情を交えず、率直だった。わかっていた。そうだろうと思った。なぜか怒りのようなものが来た。何に対しての怒りなのか、自分でもよくわからない。次に思ったのは、麦のことよりも授業料を払えるだろうかという心配だった。

黙っていると御岳先生が言った。

——一年間のダブりなんて、どうと言うことはないですよ。

——そうでしょうか。娘の性格から言って、なかなかきついことだと思います。

思わず反論すると、佐知のなかから、つっかえ棒のようなものがすとんと取れ、不意に目の前が開けた感じがした。先生という存在に対しては、子が世話になっているのだからと、ひたすら相手を立てることで我慢してきた佐知だったが、麦を守るのはもう、自分しかいないのだという思いが、佐知を率直な女にしている。小さな海のかけらが、目のなかで暴れていた。

——おっしゃるとおり、一番、しんどいのは、麦さん自身です。ただ、わたしは、挽回できると申し上げたかったのです。今回のことは、わたしの力不足でもあります。レポートなどの代替え手段で、なんとか進級できないかと頑張ってはみたのです。しかし安易な進級は、本人のためにもよくない、という結論でして。何度も言いますが、挽回できます。わたしたちも見守りますから。

御岳先生は低姿勢ながら、その声は一本調子で、誰かが作った文章を暗唱しているロボットのようだ。だが先生が悪いわけではない。事故を乗り越えられなかった本人が弱い。佐知は麦が、テニス部時代から、「強い」ということが最上の価値を持つ世界で生きてきたのだと改めて思った。

——麦さんは、一年生のときの通常点もギリギリだったので、それも響きました。まあ、仕方のないことです。何しろテニス部の主力選手でしたからね。あの事故があるまでは勉強どころじゃなかった。

そうだった。そのとおりだ。体育系の部活というのは、みんな、あんなものなのだろうか。朝練と称して、早朝から練習があり、麦はよく、始発電車で出かけた。授業が終われば、毎日、遅くまで練習。家に帰って来るころには、クタクタな状態で、勉強するような体力も残っていなかった。試験一週間前は、部活動中止というのに、試合が近づけば、練習、練習。麦は常に期待されたトップ選手だったから、本人も佐知も、当然のこととして受け入れていたけれど、こんなギリギリの生活が、いつまでも続くはずはないと、親子共々、危惧していたのは確かだ。

佐知がそんな不安を、テニス部の、別のお母さんたちに投げかけると、嫌味とも羨望ともつかない愚痴を逆に投げかけられた。――麦ちゃんは強いからいいわよ。うちの娘ときたら、朝早くから放課後遅くまで、ボール拾いと応援団ですもの。打つこともできない、なのに、部活が終わればくたびれ果てて、勉強どころじゃない、なんのためにテニス部に入ったんだか。

つまり、麦のように、常に選手として活躍できる生徒は、ほんの一握り。多くの部員は、レギュラーを決める部内戦で敗退が続けば、応援のみで学校生活を送る。部活というのは、選手とそれ以外の生徒で、驚くほどの格差があるようなのである。そんな話を聞くと、佐知は恵まれた娘のことも忘れ、理不尽な部活のあり方そのものに憤慨した。テニス部などさっさとやめて、学校外にいくらでもある民間のテニスクラブへ入り、個人的にレッスンを受ければいい。もちろん、余計な出費はかかるが、学校の外には、年齢に見合った、自由参加の試合がたくさんある。テニスは個人競技であるのだから、その点、野球やサッカーより、個人で自由に動けるのではないか。

試合を見にいくとわかるが、生徒たちの応援は、独特で華やかだ。たとえば麦の通う聖蘭学院だと、学校名にちなんで、「セッ、セッ、セッラーン、オー」に始まり、仲間の選手がエースをとったり、ポイントを決めたりするたび、一糸乱れぬ声がテニスコートに響く。それは他校でも似たりよったり。見事ととらえる人もいれば、佐知のように、ぞわぞわと生理的な嫌悪を覚える人もいる。麦は当事者だったころ、完璧に順応していた。ほとんどの生徒が疑問も持たずにやっているのかといえばそうでもなく、以前、まだ、麦が活躍していた頃、ライバル校の生徒に、「うちの学校の応援、うるさいっしょ、悪いね、ごめんね」と謝られたこともあったという。その学校は、どこよりも統一のとれた華やかな応援で有名だった。佐知は笑い、その生徒に好感を持った。個人のレベルではばらばらでも、ひとたび学校という集団にまとめられると、揃える、統一するという不思議な論理、いや欲望が働き出す。それがもっともわかりやすく表れるのが、こうした体育系クラブの試合なのかもしれない。

麦が怪我をして、テニス部をやめたあと、誰かが素早く、麦のポジションを埋めただろう。麦の怪我と退部を、他の部員たちは、どう思ったのだろうか。同情しつつもチャンス到来と思っただろうか。麦は孤独に見えるが、親でもある佐知も孤独で、そして認めたくはないが、認めなければならないが、エースだった麦は、結局、他の部員たちから、あまり好かれていなかったのではないかと思う。

コート上の麦を知らないけれど、佐知が見る限りにおいて、麦は確かに自分のことで精一杯だった。同年代の友人や、後輩や補欠の選手たちの話は、ほとんど聞いたことがない。結局は、彼等が「支え」にまわることで、麦が選手として光をあびていたにすぎない。部活もひとつの階層社会だった。

御岳先生は続ける。

——テニス部の顧問からは、いつも麦さんのことを聞いておりましたよ。麦さんががんばってくれたおかげで、本校は県中で常にトップクラス、勉強だけじゃなく、テニスでも強豪校として認知されていたわけですから我々だって鼻が高かったですよ。麦さんの退部で、秋の県大会に優勝できなかったのは痛かったけれども。やはり誰もが認める、力のある選手でした。

——そうだったとしても、全て過去のことです。今となっては、昔のそういうあれこれも、親の立場からは、むしろ違和感を覚えるくらいで。

——どういうことですか。

——スポーツにおいて、勝つということをばかにしているわけではありません。ただ、そうして試合に勝ち進むことで、学校の名前をあげたりすることがほめたたえられる、そういう流れに、なんだか違和感を覚え、疑問がわいてきたんです。

——ほお。もう少し具体的にお聞かせください。

——うちの娘は、選手として皆さんをひっぱっていく立場にありましたから、本人は、ただもう、夢中でやっていましたけれど、親のほうは複雑でした。勉強など、そっちのけですからね。それに……万年補欠の生徒さんなどもいらして、彼らや彼女らにとっても、応援に回るばかりでは、有意義な部活動を送れるのだろうかと、他人事ながら気になっていました。

——あはは。レギュラー選手の親御さんは、普通、他の生徒さんのことまで考えませんがね。洞門さんは、珍しい。

——麦が怪我をして退部し、さらにまた留年が決まったおかげで、おかげというのは変ですが、こんなことを先生に申し上げているのです。順当に行っていたら、流していたかもしれません。部活動のことは留年と直接には関係ない話です。でもまったく、無関係でもないような。とにかく、わたしはもっと力を抜いて、テニスを楽しめないのかと見ていて残念だった。ええ、球が目に当たったことは、それは事故です。楽しんでやっていたら、事故が防げたとか、そういうことを言っているわけでもありません。ただ、勝ち負けばかりが先だつ部活をやめてみて、気づくこともあったんです。先生にこのことは聞いていただきたく——。

佐知はいささか混乱し、勢い込んでいた。

——貴重なご意見として伺っておきます。体育系の部活では「規律」ということが重視されますから、確かに時代錯誤とか軍隊のようだと思われる親御さんもいて。しかし、スポーツには勝敗がつきもの、どうしたって全力を尽くす姿勢が歓迎される。その流れで、まあ、どうしても、全てが強い選手優先になってしまうんです。何面もコートがあるわけではないですからね。それでも、いつまでたっても、炎天下で球拾い、試合に行っても応援だけというのでは、なんのための部活か、むなしくなる気持ちはわからないわけではありません。

——ええ。

——ただ、洞門さん、学校の部活というのは、強制ではないんです。しかしみんな入っていますから、生徒のほうも、がんじがらめなんです。部活に入らなければ、有意義な青春がおくれないという感じで。入らなくてもいいのに、入ったほうがいいという圧力がかかる。

——どこからの圧力ですか。

——さあ。これは、例の空気ってやつですかね。独自の行動がとりにくいのは確かです。生徒たち自身がどう考えているのかといえば、案外、きつい練習を、望んでやっている場合もあるわけでして。はい。先輩から、その、精神やら方法やら、何もかも引き継ぎますから、前年どおり、って流れができあがっていきます。部活の体質というものは、内側からは、なかなか変わりません。

——文武両道も名ばかりですね。残念です。

——まあ、こうして、我が校のクラブ活動が、すばらしい環境のもとで行えているのも、ご父兄の多大なご協力とご寄付のたまものです。感謝してもしきれません。

問題の矛先がずらされたと感じたが、その寄付とやらも、佐知は麦が入学して以来、一度もしたことがない。余裕がなかったからだが、もしかして、多額の寄付でも行っていれば、麦は進級できたのだろうか。まさかと思いながら、佐知は内心、動揺していた。

窓から見える海の切れ端が、荒れ狂っている。波が高い。

——かんじんの麦さんですが、その後、いかがです？

——はい。部屋からあまり出てきませんが、体は元気です。目のほうも異常はありません。

——学校のカウンセラーからも、報告は受けています。まだ道半ば、でしょうか。

——眠ってはいるようなので、まぶたがまったく閉じていない、ということではないと思うのですが、本人の意識のなかで、なぜか覚醒状態が続いているのだと思います。ただ、この頃では、以前より、食事もとるようになり、改善に向かっているように感じます。

佐知はそう言いながら、自分が事実より、希望を述べている、と自覚した。麦はほとんど、自分のことを話さない。

御岳先生は、そう、それは良かったと言い、電話を切るきっかけをようやく摑んだというように、再履修の授業内容や新しいクラスのことに触れた後、やや唐突に電話を切った。

鍋のなかで、じゃがいもとにんじんとたまねぎの野菜煮込みが、ほとんど汁気を失って、焦げ始めていた。

電子音が鳴り、我に返る。電子炊飯器の蒸気孔から湯気がたっている。ご飯が炊けた。テクノロジーが進化し、ボタンひとつ押せば、ものは進む。しかし湯気は、おそらく人類の祖先が初めて地球上に現れたときから、その姿を変えてはいない。佐知はそんな湯気に見とれ、しばらくその場所をうごけなかった。

――麦。ご飯よ。降りていらっしゃい。

階下から声をかける。事故前は、大抵、部屋で爆睡していて、何度呼んでも返事がなかった。若い人間は、それでなくとも、常時、眠いものだ。部活をしていた頃は、玄関から入ってくるなり、玄関先で倒れて眠ってしまうこともあった。

今、麦の部屋のドアには鍵がかかっている。返事もない。しかし声をかけることを佐知はやめない。

果たしてその夜も、麦は降りてこず、佐知は一人の夕食を終えた。

その日は、遅い時間に、もう一本の電話があった。粘りつくような、もしもしと言う声がして、あの、小磯だった。佐知は少しイライラしていたが、佐知の家族を、いつのまにか一番、知り抜いているこの男のほかに、現状を気楽に話せる人がいないことに気づいて呆然とした。なんか、元気ないね、と小磯は言った。まるでともだちみたいなその問いかけに、気を緩ませている自分にも、びっくりする。

――すごい嵐だね。避難勧告が出てもおかしくないんじゃない。

――ええ。海がだいぶ荒れていて。怖いです。

――だよねえ。頼りなさいよ、何度も言うようだが、ぼくはあんたのお父さんから、残された女たちをよろしくって、頼まれてるんだから。

小磯は例によって軽い感じで言うが、死ぬ間際のことだ。父もよほど気が弱っていたとしか考えられない。一介のマッサージ師にそこまで言うだろうか。もちろん、佐知の夫が生きていたら、父は小磯などでなく、すべてを彼に託したはずだ。残された女たちを、自分がすべてコントロールできるといわんばかりの小磯の物言いには、いつだって腹がたつ。なのに佐知は、その嫌な口調にみずから乗っていき、話を続けてしまう。佐知の孤独がそうさせるのか、あるいは嫌な男だと思うところから、もうすでに、小磯への興味が始まっているというのか。

麦の話によれば、「小磯治療院」はここよりも海寄りにあるというから、嵐に加えて地震・津波でもあれば、まっさきに波をかぶるのは、きっと小磯治療院のほうだろう。ふと、怖がっているのは、小磯のほうなのではないかという思いが佐知の頭をかすめる。小磯もまた、心細い。そうに違いないと思うと、小磯が磯蟹ほども小さいものに思えてくる。

——何がおかしいのさ。

そう言われて初めて、佐知は自分が笑ったことに気づいた。

——あっ、すみません、ご心配してくださるのは、いつもありがたいです。

——こういうときはね、男が一人いると違うんだよ。麦ちゃんはね、ぼくがこういうこと言うと、時代遅れだって笑うけどさ。

——麦が？

皮膚がぞわっとあわだつのを感じる。小磯はあれからまた、麦に会ったのか。働きに出ている間、麦が何をしているのかを佐知は知らない。

——おばあちゃんはどうしている？　こんなときは心細いでしょう。

——ええまあ。まだまだ一人で頑張れると言ってますが。

——え？　嘘でしょう。このあいだのこと、忘れた？　妄想が出ていたじゃない。あんた、そろそろ、こっちに引き取っていっしょに暮らしたら。悪いけど、あんたのお母さん、そろそろ限界だよ。ぼくの治療院も近くにあるし。こっちに引き取りなさい。そのほうがいい。

ずいぶん強い言い方に、余計なお世話だと思いながら、小磯を押し返せない。佐知もまた、近いうちに、なんとかしなければならないと思っているからだった。

――でも実家の庭には、父の骨が眠っています。簡単にあの土地を手放すわけには。そもそも骨を埋めたのは、母です。

しかもそれは、小磯が助言して、母がその気になったのである。小磯はそのことを忘れたのだろうか。遠慮して黙っていると、今、思い出した、というように、

――そう、そう。骨。

と小磯が言った。

――そうなんだよ、あの庭にはお父さんが眠っている。あの土地を売るってことはさ、お父さんの骨をほりかえすことだよ。そいつぁ、冒瀆だ。それはやっちゃいけない。わかるだろ？　ひとの骨だよ。あんたの親の骨だよ。その庭を、あんた、ひとさまに受け渡すことができるかい。

――で、できません。

父と父の骨と土地。それらは本来、別々のものであった。別々のものとして考えればいいことだった。それらが今、ごちゃごちゃに混ざってしまい、問題がひどく複雑になっている。そうしたのは小磯だろうか。佐知だろうか。黙っていると、じゃあどうするの、と小磯が言った。

――困りました。

——あんた、一人娘だろ。大丈夫。協力しますよ。あとのことは任せなさい。あの土地と家を活かす方法はいくらでもある。お父さんが生きていたらきっと喜ぶ、と思えることをしようよ。その上でまず、お母さんを、こちらに引き取りなさい。お父さんはほっとされますよ。急いだほうがいい。

——骨は、骨は、どうにか、なりますか、骨は。

——なんとでもなりますよ。土地を活かすにしろ売るにしろ、一度、お祓いは必要。そういうことをきちんとやっておけば、あとはとにかく、生きてる人のことが優先でしょう。急いだほうがいいと思うなあ。今、変なウィルスがはやっているでしょう。なぁに、ああいうものは、ぼくらの東洋医学じゃ、なるようにしかならないから、過度な心配をする必要はないんですがねえ、世間じゃ、だいぶ騒いでいるようです。おばあちゃん自身も心細いでしょう。ほったらかしにはできませんよ。あわてることはない。だが急いだほうがいい。

——わかりました。

どうして従ってしまうのか、わからないまま、佐知は小磯の言いなりになっている。

——うん。それがいい。麦ちゃんにとってもそれがいいんだ。あんた、えらい。いい結論を出した。

こうしていつのまにか、母を引き取ることになっていた。妄想のことを思えば、母を引き取るのがいいに決まっているのだが、佐知の気持ちはすっきりしなかった。小磯に結論を急がされ、同居を決めさせられた気がする。

だるま落としという、子供の頃遊んだ玩具が思い出された。積み重ねられた積み木の、一番の上にダルマさんがいる。途中の積み木を横からハンマーで叩いて落とす。うまく抜け落ちて、ダルマさん以下、積み木全体が、そのまま下方へずれてくれたら上出来。全体が崩れたら負け。小磯の言葉は、あのハンマーだ。いきなり横から来て、佐知の迷いを一つずつ蹴飛ばし、確実に、ひとつの結論に落としていく。あとでゆっくり反芻すると、その結論は、どうみても最初から小磯が目論んでいたものではないかと思われてくるのだったが、佐知が抗うと、全体がもろく崩れてしまうこともまた予感され、結果、佐知は、小磯に従っている。

母が、この海辺の町へやってきたのは、それから間もなくのことだ。

〈あのひとの骨が眠っているここを離れたくない。この古い家で死んでいきたい〉。そう言っていた人が、佐知が同居を申し出るよりも前に、電話をかけてきて言った。

――海の近くへ行く、あんたたちと一緒に暮らしてもいいかい。

行く、という言い方が意外だった。いいの？　本当に？　と佐知が念を押すと、どうやらその決心にも、小磯がからんでいるようだった。

――あのひとね、あんたんところで三人が暮らせば、万事がうまくいくと言うのよ。なんでも、女が三代揃うというのが、すごく珍しくってめでたいらしい。麦も変わるって。あんたも変わるって。わたしも変わるって。どう変わるっていうんだろう。この歳で。だけど海っていいんですってね。潮風が体にとってもいいんだって。あのひとの治療院も近くにあるそうじゃない。いつだって診てくれるというし。それに、あんたんとこの庭で、鶏を飼うといいって。養鶏をやればいいと言うのよ。

――なんですって？　誰が何を飼うって？

――だから小磯さんが、養鶏をやれって。飼うのはあたしたち。

――なによ、それ。ヨーケイですって？　いきなりなによ。

――鶏は卵を産む。あたしの仕事ができたわ。

すっかりその気になっている母に驚く。小磯は、鶏を用意するから、三羽でも四羽でも、飼えばいいと言ったらしい。佐知は、がらがらと音をたてて面白いように変わっていく現実に、自分自身、そこに大きく関わっているにもかかわらず、他人事のように驚いていた。あっけにとられていたというほうが正確かもしれない。小磯は他人の生活にずかずかとあがりこみ、人生の方角を指先ひとつで軽く変えていく。鶏とは、なんだろうか。不穏なものが今、鶏の姿に形を変えて、佐知の目の前に現れたようだった。

9　朝のバロック

夜明け前。外はまだ暗いが、はじけるような鳥の声が聴こえる。不穏な闇を少しずつ食い破り、小鳥が朝を手繰り寄せようとしている。どこまでも愛らしく、澄み渡った声だが、人間の夢をも平気で食い破る。

佐知は目を覚ました。眠りについたのは午前三時。まだほんの二時間しか、眠っていない。夢か現か、ついさっき、脳髄の奥には鳥がいて、鋭いくちばしで巣づくりをしていたのだったが、目をあけると、とたんに夢の鳥は去り、代わって窓の外から無数の鳥たちが、目覚めよ、目覚めよ、と喜びの歌を歌っていた。人間には、あのように浄められた声は出せないと思う。佐知はぼんやりした頭で、鳥が惜しげもなくばらまく、幸福の細粒を耳にあびた。

このところずっと、浅く短い眠りが続いていた。若いころのような深い眠りは、佐知に久しく訪れていない。いつまでもいつまでも、夢と現実との境目を、うろうろと漂う日々。起きているのか寝ているのか。半覚半睡。その領域では、もはや死者と生者の区別はなく、亡霊のように現れる誰彼と、確かな言葉をかわすわけでもない。眼差しや肩が触れるといった、かすかな動きだけで、多くのことが示唆され語られた。

明け方、佐知の夢に現れた人は、お昼過ぎの決まった時刻に、ときどき郵便局にやってくる若い男性だった。名前は知らない。佐知はその人と、ただ一回だけ、話を交わしたことがある。片脚が悪く、片手に杖を持つ人だった。夢のなかでも脚を引きずっていて、その音が拡声器でもついているかのように、ありありと、はっきりと聞こえた。山登りにも使えるという、真っ赤な一脚のおしゃれな杖を使っていたが、夢のなかで、彼はその杖を佐知の方へ突き出し、ひどく怒っていた。理由はわからないが、とにかく怒っていた。

一度、彼が、その大事な杖を郵便局に忘れて帰ってしまったことがあり、佐知が杖を片手に、出ていった彼を追いかけたことがあった。すぐに追いついて、杖を渡したとき、彼は花が開くように笑ってくれた。悲しくなるほど美しい笑顔だった。ああ、ありがとうございます、と、その人は言った。杖を持って日が浅く、よく忘れてしまうんです。だけど、大事な相棒です。こいつがいないと、ほんと、困るんで、助かりました。ありがとう、ありがとう、ほんとうにありがとう。

その笑顔の人が、夢の内では恐い顔をしていた。窓口に座っていると、ときどき理不尽な怒りをぶつけられることはある。もちろん、彼はそういう人ではない。それでも何か自分でも意識しないようなひっかかりが、佐知の心の奥のほうにからみついていて、それが自分のコントロールをはずれ、夢の内であばれたというのか。まったく、何が出てくるのか、わからないところが夢の面白さでもあり怖さである。

怒りの顔は最後、崩壊し、目も鼻も口も一瞬にして溶けたかと思うと、足下を流れる川の水流に押し流され、あっという間にあとかたもなくなった。今、いた人が消えた。消えてしまった。

呆然としていると、佐知自身も水の流れのなかへ瞬時に巻き込まれ、流されながら、落ち葉のようにくるくると回り、そのとき、つきあげるような甘美な快感があった。佐知はいつまでもどこまでも流れて行きたいと願った。

やがて、淀みのなかへいきなりつき落とされ、到着したところは、滝壺のようなところ。佐知は一人だった。勢いのある水のなか、回転したあと、はっとして我に戻る。

目が覚めた後の体の芯には、佐知自身、収めようのない、どんよりとした欲望が残っていた。もう恋も忘れた佐知にとって、夢は唯一、残された官能のありかを教えてくれる不可思議な時空間だった。夢のなかでだけ、佐知の背中をさすってくれる誰かのてのひらがあり、侵入してくる何者かの気配があり、体にまとうなめらかな水があり、突き上げる感覚、落ちる感覚があった。

しかし覚めてしまえば、なにもかもが遠く、佐知はいつだって一人なのだ。

わずかに残る、生きる希望のようなものをかき集め、佐知は寝床から這い上がった。階下に降りると、キッチンには麦がいた。そうして静かに、昨日、佐知が作った夕食を温め直して食べていた。

——ずいぶん、早起きね。

——鳥の声がうるさくて。

うるさくて、と言うわりには、麦の表情が柔らかい。鳥の声で始まる一日——何がどうあろうと、それもまた、素晴らしい人生ではないか。

麦がまだ小さくて、夫も生きていたころ、海や山へ、遠出の外出をするような日の朝は、こんなふうに始まったものだった。まだ薄暗いなか、佐知は誰よりも早く起きてご飯をたき、おむすびをいくつも握った。あのころの時間が大きく円を描いて、今ここへ、戻って来たような気がした。しかしもはや夫はおらず、目の前にいる麦も、幼女ではない。人生は佐知が思ったよりも、ずっとずっと早く回っている。終わりはもう、すぐそこなのかもしれない。

——昨日は、夕方くらいからぐっすり寝ちゃって。だから夕食も食べられなかった。まだ睡眠時間をうまくコントロールできなくって。ごめんね、母さん。それにしても早いね、まだ五時だよ、もう少し寝てればいいのに。

以前はママだったのに、母さんと麦は呼んだ。しかも今まで、まぶたを閉じることが怖くて眠れないと言い募っていたのに、そんなことをすっかり忘れたように、「寝てしまった」などと言っている。佐知は深く安堵し、眠れたのね？　よかった、と思わず言った。

――うん、このごろ、気づくと眠ってる。自分でもびっくり。時間帯はばらばらで、めちゃくちゃだけど、前みたいな覚醒は収まってきたよ。もうまぶたを閉じられないってことはない。

――ああ、よかった、ほんとによかった。

――ねえ、ご飯、今度から玄米にして。野菜が食べたい。肉はもういいよ。

――へえ、そうなの。麦、肉が大好きだったじゃない。

――肉、食べると、またおかしな強迫観念にとりつかれるような気がして。

――強迫観念って？

――やっぱ、昔は、試合に勝つことだけだったから。勝たなくちゃという思いと肉食がつながってる。

――そうなんだ。

――それに動物の肉を食べると、なんだか自分の身が汚れた感じがするんだ。それと、スナック菓子もだめ。

――へえ。あんなに食べてたのに。

遠くのほうでバロック音楽が聴こえる。幻聴かと思ったが、テーブルの上の麦のスマホから、それは聴こえた。いつからこんな曲を聴くようになったのか。意外な選曲だ。

確か、バッハのカンタータ「目覚めよと、呼ぶ声がして」。佐知にとっては、馴染み深い曲だ。むかし、「朝のバロック」という早朝にかかるラジオの音楽番組があり、佐知は時々、聴いていた。死んだ父も聴いていたから、佐知は父の習慣を、いつのまにか引き継いでいたことになる。「目覚めよと、呼ぶ声がして」は、その番組を通して知った。あるいはオープニングで毎回、かかっていた曲だったかもしれない。

「目覚めよ」といっても、バッハの曲は、神の教えに目を覚ませということだろう。わたしたちは、神の光に目覚めるわけではないが、毎朝、必ず、目を覚ます。なんということだろうと、佐知は思った。感動したらいいのか、絶望したらよいのか。

——わたし、この曲好きよ。若いころ、よく聴いたものだわ。

——へえ、有名な曲なんだ、いい曲だよね。

——ほんと、心が落ち着く。朝にぴったりだと思わない？　いつからこんな曲、聴くようになったの？

——小磯さんにすすめられたんだ。小磯さんも、母さんと同じようなこと、言ってたよ。心が落ち着くって。

——小磯さん？

——うん。朝にぴったりだから、聴くといいよって。悪いものが落ちるって。

——へえ。いろいろ教えてくれるのね。肉より野菜、米より玄米っていうのも、小磯さんが？

——うん。牛乳とか肉はあまりよくなくって、加工肉は特にだめだって。

——ふうん。

——学校の先生よりいいよ。時々うざいけど、まじ、救世主かも。

——マッサージ、最近、受けてるの？

——うん、あたしのほうから、ときどき治療院に行くよ。

——気をつけなさい、ってこのあいだ言ったばかりじゃない。

——何に気をつけるの。

——何にって、その、体を任せるのだから、よほど信頼できる人じゃないと。

——母さん、ばかじゃない。

——ばかって、何よ。心配しているだけよ。

——小磯さんが何かするっていうの？　薄汚れた考え、捨てなよ。そんな人じゃないよ。恥ずかしいな。

——恥ずかしい？　親として当然の心配でしょ。

——嫉妬してるの？　母親として？

——嫉妬？　なにそれ？

頭のなかがかっと燃えた。誰が誰にどう、嫉妬するというのか。佐知はしかし動揺していた。そうして、自分が働きに行っているあいだ、麦を一人にしておくことを、今更ながら危険と思った。

もう一人、もはや一人にはできない人物がいた。

話すなら今だと思った佐知は、小磯のことをとりあえず棚にあげ、麦に打ち明ける。

——あのね、おばあちゃんがね、だいぶ心細くなったらしくて、いっしょに住んでもいいか、と言っているの。どう思う？

自分の娘ながら、どこか遠慮するような調子になった。家にひきこもってからの麦は、暴れるとか、声を荒らげるということはなかったが、その存在は、いつしかまるで、小さなモンスターのようになりつつあった。麦の受けた傷をかばおうとするあまり、親ながら気をつかいすぎたか。はっきり言って麦が怖いのだ。自分が確かに産んだ子だが、麦はもう、自分とは違う趣味嗜好を持つ、独立した人間になりつつある。今日のように柔らかい表情をしているのは珍しいことで、それだけでも、ほっとすることだったが、しかしその柔らかさのなかにも不穏の粒子は紛れ込んでいる。いつまた不機嫌になるのか、波風が立つのか、予測がたたない。こうして一時的にせよ状態がいいように見えているのは、麦自身が苦しんで本質的なところから変わったというのではなく、何か不意に加わった力によって、束の間、穏やかなお面をつけているにすぎないのではないか。そんな疑いが浮上した。その不意の力を加えた人は、磯のカニのように、身軽に横歩きして、最後は決まって佐知の領土に、平気な顔をしてあがりこむ。

佐知は不安だった。しかしその不安を、正面から麦にぶつける勇気はなかった。結果、麦に遠慮し、麦に気をつかっていた。

――あなたも知ってのとおり、おばあちゃんって、とってもしっかりした人だった。弱音をはかないし、人に頼るような人でもなかった。だから、いっしょに住んでもいいかいなんて、そんな言い方をするのは、よほどのことだと思うのよ。確かにわたしが見ても、もう一人では危ないな、と思うことはあった。妄想みたいなものが出てね。

麦は黙っている。佐知はその麦を直視できない。麦のそばの空気を見ながら、喋り続けている。

すると不意に、

――いいじゃない。

麦が言った。その声はどこか、上のほうから降ってきた。

――おばあちゃんの希望どおり、ここで、みんなで暮らせばいいじゃない。

そう言った麦もまた、佐知を直視することなく、佐知のそばの空気を見ている。

佐知の肩から力が抜けた。

〈あ、ありがとう、あなたがそう言ってくれるなら、そうね、そうしましょう〉

胸がいっぱいになり、そう言おうとしたそのとき、さらに麦が、

――小磯さんも、言っていたよ。それが一番、自然なことで、おばあちゃんのためにも、みんなのためにもいいって。だからそうしよう。

なんだ、小磯か。また、小磯か。佐知は驚いて、初めて麦を見た。麦の伏せた目から、青い影のようなものがわき、光線の具合で、その頬骨が、まるで小さな山脈のように見える。留年の決まった高校生というより、年齢不詳のなまめかしい女人のようだ。この「女」を、いつまでも、いつまでも、この家で飼っておくわけにはいかない。口には出せないような思いが、佐知のなかからぬっとわき、佐知は自分でそれをおしとどめる。数日前、留年が決まり、それを麦に告げたとき、麦は佐知から一瞬、視線をはずし、「当然だ」と、まるで他人事のように言ったのだった。あばれるでもなく、ふてくされるでもなく。まずはほっとした佐知だった。しかし今、相変わらず、あばれるでもなく、ふてくされるのでもなく、すべての変化を受け入れるという態度の麦に、佐知はどこかで、警戒を解いていない。

――いつから、おばあちゃん来るの。

――まだわからないわ。

――じゃあ、まず、数日だけでも、泊まって暮らしてもらったら。さっそく今度の日曜日から

どう？　あたし、おばあちゃん、迎えに行くよ。

　積極的な麦に、佐知は驚く。

　――うん、ありがとう、おばあちゃんにも話してみるね。

　佐知はとりあえず、そう言うのがやっとだ。物事が突然、一気に進み始めた。喜んでいいのに、なぜか不安を覚えずにはいられない。結果だけを見れば、現実は確かに、自分が望んだとおりになっていく。けれどその速さに、追いついて行けない自分がいる。


　日曜日、麦は言葉どおり、佐知の母を迎えに行ってくれた。その前に、母の、「わかったわ、まずはお試し期間ね」という、前向きな承諾があり、そのことにも驚いた佐知だった。

　生前、佐知の父は、母が家をあけることを嫌がり――いや、そもそも、自宅に「誰もいない」という状態を嫌がったから、母は父と、いっしょに、どこかへ出かけたということがない。仕事で木を取り扱う、むかし気質の父は、人が不在になった家に、火をつけられたり、泥棒が入ったりするのを何よりも恐れていた。文字どおり、木と紙の家だから、防犯上は脇の甘い家だった。どんな神経がしたことかと思うが、むかしはそういうのも普通だったのかもしれない。そういうわけで、連れ立つということのない不思議な夫婦だった。庭木に水をやるというのが、家をあけない理由になることもあった。園芸用の自動散水機だってあるのだし、そういうのにまかせて旅行へ行こうと誘っても、父が生きているときも、母がひとりになったときにも、母は相変わらず、家を簡単にはあけない人だった。その人が――。

その人が、いそいそと来るという。家をあけて。家を捨てて。麦も変なら、母も変だった。

あれから三週間、母は、佐知の家から動かない。

数日の着替えや大事な通帳、印鑑の類を携行するだけで佐知の家へやってきた母は、何か清々とした顔で、当たり前のように、奥の畳部屋を占領している。残してきた実家をどうするか。不思議なことに、この母には、もう何の執着もないようだ。そう見た佐知は、ある日曜日、久しぶりに一人で、実家に向かった。

晩秋の庭の草木は、枯れるどころか、ふてぶてしいほどに勢いを増し、この家に人が住んでいないことを、周囲にはっきり知らせていた。その光景は佐知を打った。生い茂った雑草をかきわけ、梅の木の下へ行くと、そこに以前、植えられていた青い小花、シシリンチウムが、ことごとく変色し、枯れ果てていた。その下には父の骨が埋められてある。人骨の成分が花を滅ぼしたのか。そこに何を植えても、植物が育たない。

鍵を開けて家のなかへ入る。締め切った家のなかは、湿気でむうとして、どこかで何かが腐っている臭いがする。天井を、おそらくネズミだろうが、小動物が走り回っている。音が大きいので、ハクビシンかもしれない。台所へまわると、庭に面した壁の小さな穴から小虫や蟻が出入りしているのを見つけた。蜘蛛《くも》の巣も張られ始めていた。家は虫と小動物に牛耳られつつあった。人間がいなくなった家の荒廃ぶりには驚くばかりである。

縁側から外をのぞくと人影がある。佐知はあっと声をあげそうになった。

小磯が立っていた。横歩きの磯ガニは、偶然なのか、必然なのか、佐知の移動に合わせるように、誰もいないとわかっているこの家にやってきていた。

佐知は覚悟を決めて庭にまわった。背後から名前を呼ぶと、小磯がビクッと驚き、振り返る。

——おや、あんた、来てたの。びっくりしたなあ。

——びっくりはこっちですよ。

——いや、その後、どうなったかと思ってね。おばあちゃん、よかったじゃない。無事、同居できたんでしょ。

——ええ、元気でやっています。ご存じなんですか。

——麦ちゃんと道で偶然会って。

——偶然ですか。

——偶然ですよ、なんか、あんた、こわいね。

——麦が、時々、小磯さんの治療院にマッサージに伺っているようで。しかも料金もお支払いしていないようなことを言っていたものですから、ご迷惑をおかけしているんじゃないかと。そんな言い方で、佐知は小磯を牽制しようとするが、小磯はぬうっとした真顔で、びくともしない。

——麦ちゃんのね、例の目が閉じないとかいう、変な強迫観念、大丈夫ですよ。もう治った。治ったよ。おばあちゃんが来たでしょう、女が三代そろうと、安定するんだ。それとマッサージ。確かにしましたよ。若いのに、だいぶ血が滞っていたからね。流しておきました。心配いらない。治療費はまた、改めてということで。あんた、すべてが流れ始めたから。もう大丈夫。自分でもわかるでしょう。何か突破したって。そんな感じ、あるでしょう。

同意はしたくない。しかしそういえばと佐知は思う。川の流れを夢に見た。佐知は流されていた。そのときの感触が不意に蘇り、確かに、と思う。運命は、流れ始めたのかもしれない。

——それで、どうなの、最近のおばあちゃんは。変わりはないの。

——ええ、おかげさまで。

家ひとつをたたむのは、本来は大変なことだろうが、母の場合、ちょっと遊びに来る感覚で来て、そのまま居着いてしまっている。そうなったらそうなったで、ああ、こんな方法があったのだと思う。高齢者が居を移すのは、本来だったらボケを引き起こすと言われているくらい大変なこと。いやしかし、母の内部で、すでに崩壊が始まっていて、本来なかなか越せないはずの敷居を、ひょこっと跨《また》ぎ越し、佐知の家へやって来られたのかもしれない。見るところ母は、もう、かつての家族写真を繰ることもなく、思い出の着物にも、まるで執着がなくなったようだ。佐知の父や父の父母が眠る仏壇のことさえ気にかける様子がない。その顔には、何かがごそっとぬけ落ちたような、厚みのない感じが漂っていた。

——この家をどうしたらよいかと考えていたんです。

家を見上げながら佐知は言った。半世紀以上も人が暮らした家。父が建て、佐知が育った家。

——だけど骨が気になっているんだよね。お父さんの骨の一部が梅の木の根元にある。簡単には売れないよ。

——骨をここに、とおっしゃったのは、小磯さん、あなたでしたよね。

——そうだよ、ぼくだよ。だけどそれを納得し実行したのは、あんたのお母さん。ぼくを責めてるの。

——責めているわけではありません。しかし母は、言われたから素直にそうした。土地の売却のことまで、念頭になかったはずです。

——じゃあ、聞くけど、この家、なくなってもいいの。あんたの育った家でしょう。お父さんの建てた家じゃない。いいの、簡単に売って。

佐知は脅されているような気持ちになった。

――いい家じゃない。古いけど風情があって。今どき、こんな家ないよ。貸家に出したら、人気、出ると思うけどなあ。

押したり引いたりする小磯のペースに、佐知はいつのまにか、巻き込まれている。

――おばあちゃんね、この家に一人置いておいたら、妄想、もっとひどくなっていたよ。高齢者の孤独って、精神ばかりでなく、肉体をむしばむんだから。手をつないだり、なでてあげるだけでも妄想はなくなる。いっしょにいれば、それくらいはできるよね。よかったね、これで妄想はストップ。

しみじみ言われると、気持ちがぐらぐらする。

――さあ、あとは、ゆっくり看取っていきましょう。いっしょにね。

――え？　いっしょと言われても。

――あんた、悪い癖だ。亡くなったお父さんも心配してた。なんでも一人で抱えて、一人でやろうとするって。おばあちゃんを一番いいかたちで、一番苦しみ少なく、看取りましょうよ、みんなで協力して。

――だから、あの、協力してって、そりゃあ、小磯さん、時にはマッサージをお願いすることはあるかもしれませんけれども、基本はこちらで。こちらでなんとかしますから、あの、大丈夫ですよ。

——その囲い込みがいけないの。あんたも消耗しておばあちゃんと喧嘩になり、麦ちゃんの病も、やっと良くなったのに、あんたがそんなふうだと、また悪化するよ。ぼくに任せなって。今度、オタクへ行きますよ。定期的にマッサージをやってみましょう。おばあちゃんと麦ちゃん。なんなら、あんたもね。実はねえ、話がばかに遠回りになっちゃったけど、ここを借りたいって言ってるひとがいるんだよ。

小磯は、いつのまにか、主導権を握った家長のような顔をして、佐知の生まれ育った家を、じろじろと見上げた。

——最初から単刀直入に言えばよかったね。この家はさ、亡くなったお父さんの思いが、染み込んでいる。踏みにじるようなことはさせないよ。まあ、ゆっくり考えておいてください。

誰に向かって言っているのか。

二人の会話をすべて聴いていたとでもいうように、梅の木に留まっていた鳥が、その時、大きな羽音をたてて、飛び去っていった。

10　柴山さんの絵

居間からにぎやかな笑い声が聞こえる。佐知は今、勤務先の郵便局から戻ったところだ。母の声、麦の声に、誰か、見知らぬ人の笑い声が混ざっている。佐知は束の間、玄関に立ち止まり、花束のような女たちの混声を聴いた。

驚くような潔さで、長く暮らしてきた家を捨てた母。元来、物を捨てられない母の、それは暴力にも見えるふるまいだったが、今、当人はけろっとして、海辺の風に吹かれながら暮らしている。

人間は時に、そうして人や物を簡単に捨てる。着ていた洋服も、使い慣れた台所用具も、手紙や膨大な写真の類も。大事なものを、選別するというエネルギーを失ったのか、それともそれは、狂いの始まりの兆候なのか。

要らない。何も。そう言い切った時の母は、過去を失った白い顔をしていた。だがこうして、家のなかにわく笑い声を聴くと、佐知は自分の不安に蓋をして、これでよかったのだと思う。ただいまと言い、居間のドアを開く。母と麦の向かいに、高齢の女性が一人、ソファに座っていて、佐知のほうを見るなり、あっと、声をあげた。佐知も驚いた。知った人だった。

——まあ、娘をご存じで？

——ええ、わたくし、確かに知っているんですが……。

——わたしも存じ上げていますよ。

佐知が言うと、母は驚いて、「えっ、あなたも知っているの」

——ええ、確か、柴山さん……。

言い終わらぬうちに、当の柴山さんはもっと驚いて、

——あら、わたくしの名字をご存じなんて。実はねえ、わたくし、あなたのお顔を確かに知っているんです。どこかで見たんです。でもいったい、どこで見たのか……ねえ、わたくしたち、どこで知り合いましたか。

みんな笑った。だが自分のことがわからない柴山さん本人が、なんだか一番愉快そうだ。よくあることなので、佐知は驚かない。

——わたしはすぐそこの郵便局の窓口に座っています。柴山さんのお姿は、よくお見かけします。いつも使ってくださるので、芝山さんは、我が郵便局のお得意様です。今日はようこそ。で

も、どうしてうちへ？

——そうだ、つながった、あなた、郵便にいらっしゃる方だ。場所が違うと、混乱してしまう。まさか、ここでお目にかかれるとは。

だいぶ前、柴山さんが、水彩絵の具やパレットなど、絵を描く道具一式を郵便局に忘れて帰ってしまい、それに気づいた郵便局の若い同僚、岡田くんが、柴山さんの自宅まで届けるということがあった。そんなことをきっかけに、柴山さんが、近くに暮らす絵を描く独居老人であることが、局員たちみんなに知れた。明るくおしゃれな柴山さんは、界隈ではちょっとした名物おばあさんだ。佐知もまた、親と同年輩の柴山さんに、何かと注意を払うようになっていた。

——柴山さん、小磯さんのマッサージを受けていらっしゃるのよ。小磯さんのご紹介で、遊びに来てくださったの。

母が言った。

——そうなんです。小磯さんとは長いつきあいでね。お母様のこと、小磯さんから聞いていたんです。娘さんと同居するため、こちらへ移っていらしたばかりだと。同じくらいの年齢だし、きっと心細くされているから、一度、訪ねてみたら？　きっと気が合う、なんて。そそのかすのがうまいんです。わたくしもずうずうしく、おたずねして。だけど小磯さんの言うとおり、なんだか、お母様とはすっかり気が合って。

──ほんと。

ほんとかどうか。母も調子を合わせる。

小磯という名前が出て、佐知は用心した。人の関係の網のなかにどこまでも入り込んでくる男だ。

居間には珍しく麦もいた。表情がとても明るい。普段は部屋にこもりっぱなしなのに。こうして揃うと、何処から見ても、普通の孫とおばあちゃんだ。佐知は麦を、つい、しげしげと観察した。

おばあちゃん同士はともだちになったようだが、麦には「ともだち」というものがいない。そもそも不登校になる前から、麦の周りには「ともだち」の気配が薄かった。テニス部ですっかりスター扱いされ、みんなが麦を別枠扱いし、遠巻きにするのが当たり前になっていたからか。もちろん麦の性格にも原因があったと思う。プライドが高く、自分を曲げず、しかし案外、気が弱い。そしてそういう弱点を決して見せまいとする。自分をさらけだすことができないのだ。だが佐知もまた、若い頃はそうだった。

時折、学校から麦のもとへ、「使者」が、やってくる。先生からのことづけで、教科ごとのプリントを持ってきてくれたり、学期の行事予定表など、配布された書類を届けてくれたりする。彼らはみな、役目を果たしてしまうと、佐知と話もせず、そうそうに帰っていった。

かつてテニス部で、共に競いあっていた仲間たちも、あの事故以来、ぱあっと麦の前から散ってしまった。麦は、別に、テニスのできない身体になってしまったわけではない。心身の不調は回復しつつある。今すぐ、というのは無理にしても、また一緒に、プレーできる日がきっと来るはずだ。

かつて、テニスの部内試合の最中、仲間が打った勢いのあるボールを左目に受け、傷を負った麦は、それ以来、向こうから飛んでくる球の幻影に、長く悩まされ続けることになった。まぶたを閉じるとボールが飛んでくるから、まぶたを閉じることができないのだという。眠ることもできないのだという。そこには多分に、本人の思い込みもあって、寝ていない、ということはなかった。

先日はついに明るい表情を見せ、まぶたが閉じられない、という恐怖から、ようやく解放されつつある。まばたきの働きがうまくいかなくなったせいで、今も時々、目の乾きが生じており、目薬での治療は続いていたし、夜遅くまでスマホやコンピュータにかじりついていることが原因の、睡眠障害も残っている。それでも佐知は峠を越したと感じている。麦の顔を見れば、それがわかる。

とにかく、医者は全くあてにならなかった。眼科や心療内科と、あれこれ、探しては麦をひっぱっていったが、どこも最後は、「様子を見ましょう」で、麦に正面から向き合ってくれた医者は、一人もいない。薬はなるべく使いたくなかったが、どの医者も、覚えきれないほどの薬を出した。

それをやめさせたのは、あの、癪《しゃく》に障る小磯だった。

不登校は続いているものの、先日は、「学校なんか行かなくてもいい」という意見をひょろっと呟いたのも小磯だった。確かに麦も佐知も、気が楽になった。というより、気が抜けた。生きてりゃいいのさ、と小磯が言うと、うん、そうだな、と思ってしまう。

最近の麦は、少し違う。小磯への接近は気になるけれど、こうして居間に、家族と一緒に座ってくつろいでいること自体、びっくりするような光景である。

佐知が娘を見る視線に気づいたのか、柴山さんが、感慨深げに言う。

――若い娘さんがいるのはいいですね。ぱあっと家のなかが明るくなって。わたくしは独身で、結婚したことがないんです。子供もいない。

――いても、うるさいだけですよ。

佐知の母が、いかにも体裁のいいことを言った。麦は、ほとんど自室にこもっているから、うるさい孫、なんていうのは、他の、幸せな一家のことだ。その麦は、何を言われても、ただ、にこにこと笑っている。

若い娘はわからない。佐知もまた、若い娘だった。ここにいる母も、柴山さんも、かつては確かに若い娘だった。若い娘の胸の内には、いつだって嵐が吹く。それぞれの、おさめきれぬ嵐が。

――ご不自由なことはありませんか、お近づきになったのですから、なんでも遠慮なくおっしゃってください。うちはこうして女手ばかりですが。

佐知が言うと、柴山さんは笑顔になった。

――ありがとう。一人暮らしは長いですから、なんとかやっています。ケアマネージャーさん、っていうんですか、助けてくださる方がいて。だけど最近、横文字が多いですねえ。ケアマネージャー、って言葉、ようやっと覚えたんです。高齢者はみんなそうじゃないですか。まわりを見てると、みんな、お名前で呼んでますね。

――わかります。新しい言葉は、みんな英語をそのまま使う時代になってしまいました。わたしも追いつけません。母にとっては別の国のようですよ。昼間はこうして、母が一人ですから、いつでも遊びにいらしてください。

うっかり世間にあわせた応答をしたものの、昼間は不登校の麦もいたのだった。

帰途、柿を買い求めて来たことを思い出した佐知は、台所へ移って、準備を始めた。老女二人は柿を好むだろう。若い麦は、柿を好まない。その気配を察したのか、麦が立ち上がり、佐知と入れ替わるように、二階へあがった。

佐知はむいた柿を母と柴山さんへ、「すこしまだ、硬いかもしれませんが、どうぞ」と差し出

すと、さっそく口に入れた母が、

――ほんと、恐ろしく硬い。材木みたいだわ。こんなの柿じゃない。もう少し熟れないと。なんで、こんなものを買ってきたの？　柴山さんに失礼だわ。あたしは要らない、さげてちょうだい。

ぷいっと皿を手で遠ざけた。柴山さんは食べるわけにもいかず、黙っている。妙な間があいた。物言わぬ硬い柿が、怒りの表情で、ごろごろ皿の上に残されている。

むかしは客人の前で、自分の感情を顕《あらわ》にする母ではなかった。自由になったとも言えるけれど、母の言葉が、この家へ来てから、遠慮を失い、いばった調子なのに、佐知は戸惑っている。孫の麦に対しては終始、優しい。しかし娘の佐知には、ずいぶん命令口調だ。せっかくむいたのに、と佐知はむかつきながら、娘と母の関係が、長く続きすぎている、と感じていた。母は佐知が今も小学生くらいの感覚で、叱りつけたり、命令したりする。

それでは親というものは、いつ死ぬのがいいのだろう。子供の自立とともに、自然に消えていけたらよいが、そんなことができるのは、介護という問題もない動物界の話で、人間の世界には、余生という、双方持て余すような、不思議な時間があった。

――ところで、柴山さん、小磯治療院のことですが。

硬い柿のことはとりあえず脇に置き、佐知は、気になっていた話題を振り向ける。

――うちは亡くなった父がずっと小磯さんにお世話になっていたんです。

――そうなんですってね。お母様からも、小磯さんからも、お聞きしました。

――柴山さんはどんなご縁で。

――数年前、知り合いから紹介されましてね。小磯さんは、あのとおり、ぶっきらぼうですが、わたくしには、とてもいい手当てをしてくれるんです。あのひとのマッサージを受けたあと、わたくしはどうやら、ぐうぐういびきをかいて眠っているらしい。あとで小磯さんが教えてくれました。どうやら体の痛みだけじゃなく、不安もとってくれたんですね。今じゃ、なんだか息子みたい。あの口の悪さも、遠慮がなくてなんだかうれしくて。ホントの息子をもったことはないけれど。すっかり頼りにしてるんですよ。わたくし、小磯さんには、言いたいことを言うんです。喧嘩になることもあります。これがけっこう、激しい喧嘩。だけど、そんなのも、ボケ防止になっているのかもしれません。老いては子に従えと言うでしょう。ええ、小磯さんは子ではありませんが、喧嘩をしてもあとで考えると、みんな彼の言うことが正しいような気がしますよ。結局、こちらがあやまって、そんなことの繰り返し。それに小磯さん、絵を描く人ですから、絵の話もできます。いい話し相手です」

小磯との結束の強さを、自慢するように柴山さんは語る。

――へえ、小磯さん、絵を描くのですか。ずっと前、絵は鑑賞するだけで描かないし描けないって聴いたような気がしますが。

佐知がつぶやくように言うと、柴山さんは強い調子で、「描きますよ」と佐知をふさいだ。

――だって、美術大学、出ているんですもの。

――へえ。初めて知った。

――マッサージのほうが余技なんだと思いますよ。どこで覚えたんだか。いえ、その、マッサージをね。とにかく描くのは、わたくしなんかより、ずっと上手です。だけど、彼の絵はすごく暗いから、手元に置きたいとはとても思わないけれど。

どんな絵なのか、興味が湧いた。その人の内面を表しているのだとすれば、絵を見て小磯の何かがわかるかもしれない。

――ねえ、ちょっと、佐知。

母が横から入ってきて、

――柴山さんの絵をごらんなさいな。ほらこうして、ご自分で描かれた水彩画を持ってきてくださったのよ。

そう言って、佐知に一冊のスケッチブックを手渡した。

――このなかから、気に入った絵を一枚くださるというのだけれど、さっきから、迷ってしまってねえ。ねえ、あなただったら、どれがいい？

渡されたスケッチブックをゆっくりめくっていくと、次々、パステル調の風景画があらわれた。

——きれいな絵でしょう。

母は、自慢するように、柴山さんの絵をほめる。なにか言おうとして佐知は、きれいという以外の褒め言葉が見つからない。口から出てきたのは、「本当、お上手ですね」という言葉で。それも本心からでなく、その場を取り繕っているよう言葉だったから、佐知自身、後ろめたさを覚えた。

水彩特有の透明感。空、河、木々、家々……。みんなどこかで見たことのあるような、きれいな絵。退屈といえば退屈だった。柴山さんの絵を好きかと言われたら、よくわからない。特に好きなわけではない。だが嫌いにもなれない。自分のものにしたいとは思わない。通り過ぎていく絵だ。その絵を柴山さんがくれるという。

その好意をうれしいと思いながら、そう思わなくてはいけないという圧力も感じる。一枚の絵に、こちらが見つめられているような生活は窮屈だと佐知は思う。

——絵に描く風景は、実際、どこかにある場所なのですか。

——いいえ、どれも、夢のなかの想像の風景です。

——どの絵にも河が流れていますね。

目の前の絵を、佐知はじっくりと見た。河の岸辺に、墨汁の一滴のようなシミ跡がある。パステル調の色彩のなかで、それは汚れともゴミとも言えるものだ。それさえなければ完璧な絵だろう。

——この黒い点は。

——よく、気づいてくださいました。

——何を表しているのですか。

佐知の聞き方は、段々と取り調べのような様相を帯びてきた。

——あえて言うなら、このわたくしです。

——どんな意味があるのですか。

——さあ。それはあなた自身が考えてください。

柴山さんの答え方にも、挑戦的な響きがした。それを自分でも自覚したのか、すこしやわらかい表情になって、

——河を渡るときは死ぬとき、と思うんです。いえ、小磯さんがそう言うんですよ。そして絵のなかに、河を渡るあなた自身を描きなさいってね。

柴山さんがまた小磯の名前を出した。

——だけどわたくし、まだ、死ぬわけじゃないんです。いつ死んでもいいような状態ですが、そんな都合のいいようには死ねません。それまでは河のこっち側でふんばるんです。黒点は、そ

の決心の証、でしょうか。いつからか、気づくと、河のそばにこうして、ヒトのような小さな黒点を打つようになりました。宇宙の目で見れば、このわたくしなんて、ほんとうに、たまたま紙の上に落ちた、墨汁の一滴にも等しいでしょう。汚れとかゴミと言われても、腹はたちません。

下を向き、黙って聞いていた母が、そのときすっと顔をあげた。何か感じるところがあるという表情だ。

――わたくしね、終末に向けて準備をしているんです。こうして、絵を描くことで。

――終末?

――ええ、わたくしの終末です。兄弟姉妹も夫も子供もいない。そういう女を、小磯さんが救ってくれた。いっしょに準備をしましょう、と言ってくれてね。絵を描くのは、その準備のなかのひとつです。やがては自分がこの絵のなかに入る……。そんな気がしています。

柴山さんは語るに従って高揚し、頬があかるみ、少女のようだ。

――洞門さん、一緒のお仲間ができてうれしいです。

――ええ、ええ、こちらこそ。

万事、意欲的な柴山さんをまぶしそうに見る母がおかしい。ふと母に対して、親のような気持ちが初めてわいた。娘である自分が守ってやらなければならない。小磯と柴山さんの関わりは、表面的なマッサージだけではないらしい。

——おかげさまで、わたくしの晩年は、小磯さんと出会い、人生の荷物が半分になった気がします。お母様も、すっかり同様のケアを彼から受けていらっしゃるのかと思っていました。ええ、マッサージというのは、手当てのごく一部。精神的なケアのほうが大きいですよ。小磯さんのアドバイスに沿って、食べ物やら体操など、生活スタイルを整えております。まったくねえ。おかしな人ですよ、小磯さんって。ほんとに変わった人。怪しいなあと思いながら、長いこと、つきあってきました。疑っても疑っても、疑いきれない。そんなところがあのひとにはあって。そうして最後には、間違っていたのは、疑っていたわたくしのほうだったと思うんです。

佐知の不安を知っているかのように、柴山さんはそんなことを言う。

そのとき、母が「やっぱり、これがいい」と言い、柴山さんのスケッチブックから、一枚の風景画を選び出した。

——これをいただいてもよろしいですか。

——もちろんです。飾ってくだされば、絵もよろこびます。

——絵を飾るためには、まず、額縁を用意しなければなりませんね。

佐知が言った。すぐには壁に絵を飾りたくない気持ちが言わせたようだ。

——額縁くらい、どこかにあるでしょう。

母が言う。

――うちにはないわ、お母さん。柴山さん、貴重な絵をありがとうございます。

断っているような、お礼を言っているような、妙な言い方になった。

ここはわたしの家だ。柴山さんにも、柴山さんの絵にも罪はないが、柴山さんが自分の絵を飾ってくれというその気持ちにはとうてい、応えることはできない。佐知は思った。どこか自分でも驚くような強情なものが、佐知のなかに、メラメラと燃えていた。こういうとき、柴山さんのような人を、やわらかく拒絶できるようになりたいと、どこかで佐知は思ってきた。傲慢のようだがそれは、自分がなんでも受け入れてしまう、万事に受け身の人間だという自覚があるせいだった。それが意に沿わぬことであっても、佐知は、大抵の場合、相手の心証を害することなく受け入れて、その場を収めることで生きてきた。佐知の母もまたそうだった。でももう、そろそろ自分を出していい。自分の枝を、すっと伸ばしてみてもいい。小さく拒絶してもいい。反抗してもいい。すべて人にあわせ、人に添い、人を傷つけぬよう、最大限の努力を払って、自分をまげて、頭を低くして生きなくてもいい――。

いつか、こういう拒絶の声が、自分のなかから吹き出すような気がしていた。柴山さんが絵に描いたような大きな河が、佐知の中にも流れている。自由に生きたい。ああ、自由に。そうして柴山さんの後ろのほうに、ちらちらと、小磯の顔が見え、絵を飾りたくない理由の一つに、彼の影響の及ぶものを、この家に持ち込みたくないのだ、とはっきりと自覚した。

――あたしの部屋に飾らせていただきますわ。うれしいわ。柴山さん。額縁なんてあとから用意すればいいじゃない。

母が言うと、佐知は自分のさきほどの強情が、少し和らぐのを感じた。そして絵一枚ほどの人の好意を、受け止められない自分を狭い人間だとも思った。

その日、柴山さんが帰るやいなや、「あんな言い方するなんて、失礼でしょう」と母が珍しく佐知をなじった。

――絵をかける気がないことがばればれだわ。柴山さんの顔色が変わったわよ。うまく言ったつもりだったのでしょうが、あの方は芸術家よ。拒絶されて、きっと怒ったわ。ああ、簡単に、絵などもらうものではないわね。

――ほんと、むずかしいのよ。お母さん、一枚の絵をもらうって簡単なことじゃないのよ。好きな絵なら別よ。だけどわたし、柴山さんの絵をほしいとはどうしても思えなかった。好きと言えない、けれど嫌いとも言えないの。嫌いならまだましよ。好きでも嫌いでもないってところが、とてもまずいのよ。そういう絵に生活を見張られたくないわ。

――まあ、見張るだなんて。あなたも難しい娘ね。

――小磯さん、小磯さん、ってところも、なんだか。ねえ、芸術家ってあんなふうに誰かを頼るものなの。もっと独立的ではないの。

——さあ。知らないわ。老いて家族もいらっしゃらないのよ。誰かを頼るのが自然じゃないの。柴山さん、素敵な方だわ。知り合えてよかった。あなたが小磯さんを胡散《うさん》臭く思っているのはわかるけど、彼、なにか悪いことをしたかしら。お父さんは安らかにあの世へ逝った。小磯さんの支えがあってのことよ。あなたはあのとき、忙しくて何もできなかったじゃないの。いいえ、せめているわけじゃない。ただ、死に際を支えてくれた人がいたということを認めてほしいだけ。そんなふうに、人の最期に寄り添う、看取り師のような人が必要だったってこと。それが小磯、いいえ、小磯さんだった。あたし、柴山さんの話を聞いて、心が決まったわ。あたしも死んだお父さんのように、終末の準備を始めようと思う。同じ道を歩く同士も見つかった。柴山さんのことよ。あたしたち、安らかな最上の形であの世へ逝きたい。佐知、あなたにはもっと素直になってもらいたいわ。

母は一気に、よくしゃべった。そんな母を見ながら、佐知は半分、感動していた。話の内容には到底うなずけなかったが、これだけ言えれば、まだまだ、あの世は遠い。

翌日は土曜日で、その夕刻、図ったように小磯がやってきた。

——柴山さん、来たでしょう。

――柴山さん、来ました。

日本語を初めて習う者のような会話になった。

その日の朝、母はオーブントースターのタイマー操作を誤り、パンをまっ黒焦げにした。母に焦げたパンを捨てるという選択はない。黒焦げをじゃりじゃりとナイフでこそげ落とし、怒ったような顔でバターをぬった。その時も、佐知は母と同じような会話をした。

――パン、焦がしたでしょう。

――パン、焦がしました。

やってきた小磯は、「これ、あげる」と言い、鳥かごを突き出した。中にひよこがいる。佐知は驚いた。それぞれ微妙に羽根の色が違う。茶色とまだらの三羽である。いぶかしい顔をしていると、「あれ、お母さんには話しておいたんだけど」。

聞いたような気がするが、すっかり忘れていた。子供の頃、縁日で見たひよこは、夜の裸電球に照らされ、薄っすらとあたたかい黄色い毛をはやしていた。うじゃうじゃいても、生命力に乏しく、買って大切に育てようとしても、たいていは、すぐに死んでしまった。あれらひよこたちの死骸を、佐知は自分で始末した記憶がない。母がみな、新聞紙にでも包んで捨てたのだろうか。そうして佐知は、親に、母に、ずっと後始末、いわゆる汚い仕事をさせてきたように思う。悪かったと思うが、いまさら詫びる気持ちもない。佐知もまた、麦のかわりに、麦のために、時に命を殺し、たくさんの後始末をしてきたような気がしている。

——育てなよ。

小磯が言った。

——ひよこのうちから育てると、なつくんだ。あんたの顔を覚えるよ。なに、すぐ大きくなって卵を産む。まだ識別がはっきりしないが、全部メスでも、卵は産むんだ。無精卵だけどね。三人の女と三羽のニワトリ、なんか絵のタイトルにでもなりそうな展開じゃないの。

飼わなければその先へ、進んでいけない。柴山さんの絵をもらわなければ、次に進んでいけなかったように。だが誰がそれをとり決めているのか。抗う気持ちを自覚しながら、佐知の腕が伸び、小磯から、ケージを受け取った。

11　なんで生まれてきたの

小磯は雛を持ってきた翌日、再び佐知の家を訪れた。

──雛を育てるダンボール製の保温器ですよ。

土曜日で、佐知は家にいた。保温器のなかをのぞくと、籾殻《もみがら》を敷き詰めた上に、空気をあたためるヒーターだの、水飲み茶碗、エサ箱などが効率よく用意されている。

小磯は、玄関を入ったところに、雛の入った籠を見つけると、

──こっちで入れ替えよう。

と、庭へ女たちを誘導し──麦もいた。みんな揃っていた──手際よく、雛を保温器へと移し替える。三羽はぴぃぴぃとうるさく鳴いた。

──冬に向かうんだから、あったかくしなくちゃね、雛は寒さで、あっという間に死ぬよ。そりゃもう、簡単に。

脅すような言い方をして、女たちを黙らせると、

――なに、すぐに大きくなるから。驚くほど早いんだ、そいでもって、すぐに卵を産む。黄金の卵だよ。長寿には生卵だって、死んだおふくろの口癖でね、だけど自分は、卵なんか食べられないで死んじゃった。貧しかったからね。

母を語る小磯の顔からは、いつもの毒気が消え、小磯もまた、誰かの息子だったということを佐知に思い出させた。

――おいくつで？

おいくつで亡くなったのかと、佐知と佐知の母親は、同時にたずね、その声はまるで、一人の女のようだった。

――六十前。五十八。

――そりゃ、早すぎる。あたしはもう、九十近いんですよ。まったく無駄に長生きしてる。やること、ないんですから。

――早くお迎えに来てくれないかなぁなんて、そんな調子のいいこと、言ってもだめですよ。身じまいのことは、お手伝いしますって言ったでしょ。安心して、今は、せいぜい雛をかわいがってやってください。

小磯と母のあいだには、何か約束でもできているのだろうか。身じまいという言葉が、佐知の

胸にひっかかる。

――こういう家畜の成長の早さにくらべると、人間ってね、遅いんだよね。成熟が。そいでもってサ、成熟したところで家畜ほどにも役にはたたない。なんで生まれてくるんだろ、生まれてこないほうがよかったんじゃないか。

口調はやさしいが恐ろしいことを聞いたような気がして、佐知は小磯を盗み見る。

今日、麦は、影の娘だ。声を発せずおとなしい。

それにしても、雛を育てるなんて、なぜ、こんな展開になったのだろう。思い返すが、少なくとも言えるのは、自分の意志でこうなったのではないということ。小磯には、いつもいつもこうして、なにか柔らかい棒のようなものを押し通されてきた。今度もまた、はっきり断わるチャンスがあったはずなのに、それをしなかった自分へ、後悔ばかりがつのる。母は、小磯にいいように言われて承諾したのだと思う。昔から、「無料の産みたて卵」のようなものに、簡単に釣られるタイプ。うまくまるめこまれたに違いないのだ。

卵というものが確かに輝くような価値をもっていた時代があった。戦後は東京でも、養鶏を行う家庭がけっこうあったと聞く。食糧難の時代、卵は今よりはるかに高価で、しかも簡単に食することのできる滋養食品の代表格だったのだろう。今、佐知の世代に、卵に対するそこまでの信仰はない。しかしスーパーへ行くと、実にさまざまな種類の卵が売られていて、何を買ったらいいのか迷うほどだ。育て方や飼料の違いが値段にあらわれ、ワンパック百円の手頃なものから、二十個入りで千円以上する高級卵まであった。

卵にビタミンやカルシウムを強化したもの、自然のなかで放し飼いにした、いわゆる平飼いの鶏が産んだというふれこみつきのもの。

このあいだやってきた柴山さんなどは、そういう高級卵を選んで買っていると言っていた。生産者を応援しているのだろうか。あるいはそれも、小磯の指示なのか。

卵はよいものを買わないとだめだよと、確かに小磯は口癖のように言っていた。鶏の多くは、劣悪な状態で飼われており、それらが産む卵が、いいわけがないというのだ。もちろん餌も吟味する必要があった。

以前、佐知が買い物袋から、卵の特売パックを出したのを小磯がみとがめ、「牛の乳なんか、飲まなくていいが、卵を買うなら、吟味しなさいよ。あんた、一家の胃袋を握ってるんだから」と、おしつけがましい忠告をした。こんな夫を持ったら、うるさいだろうなあ、と、そのとき佐知は辟易《へきえき》したものだった。

安い卵を食べても、命に別状はない。違いというのはどれほどのものなのだろう。

結局、佐知が、生きる態度として選んでしまうのは、いろいろな意味での「中庸」なのだ。値段も中庸、味も中庸。しかしこの中庸ということを実践するにも、驚くべきエネルギーが必要とされる。あらゆるものをてんびんにかけ、その真中を、常に射抜こうというのだから。

卵に限らず、長寿をうたう食品にも考え込んでしまう。佐知自身、「長生き」を目標にしたことがないのだったし、母親を見ていても、はたして「長生き」がいいことなのかどうかがわからない。ここでもまた、中庸ということがはかられる。ほどほどの寿命とは？　ほどほどの死に時とは。

雛という、こんなに小さな生き物でも、引き受けるということは命を預かることだ。麦が問題を抱えながらも、ようやくここまで育ち、今、老いていく母を抱える佐知に、新しい生き物の存在は、面倒以外のなにものでもない。余裕のない自分を自覚しながら、佐知には雛たちを死なせてしまう予感があった。

三人の女に三羽の雛か。佐知はじっと、雛を見つめる。するとそれぞれが、それぞれの分身であるかのように思われ、しかしいったい、どの雛が誰の分身だというのか。三羽は複製のようにそっくりであり、入れ替わるかのように、動きまわる。佐知が母に母が麦に麦が佐知に……。

赤ん坊だった頃の麦も、雛同様、きぃきぃとよく泣いた。育てにくい赤ん坊だったという感触が今でも残っている。泣くことは赤ちゃんの仕事なんですよと、当時、助産婦さんに言われたけれど、その口を、ごく自然な仕草で、塞いでしまったことはなかったろうか。記憶とも妄想ともつかないものが、佐知のなかに浮かんで消えた。あるいは自分が赤ん坊だった頃、誰かに口をふさがれるようなことはなかっただろうか。誰か、といっても母しかいないが、目の前の女は、赤ん坊の口をふさぐようには到底見えない。だが母もまた、かつては何をするかわからない、若い女だった。

——かわいいね。

麦がどんよりした声でぽつんと言った。

——子供の頃は、うちでも鶏を飼ってたわ。

母が言った。

——おや、そうですか。だったら話は早い。

——あの頃みたいな卵が食べられるかしらねえ。

——食べられますとも。

——産みたての卵は温いのよねえ。それだけはちょっと気味悪くって。

——そりゃ、卵ってのは不気味なもんですよ、形になる前の、原型を食べちまうわけですから。どろどろしてるでしょ。形になる前は、ぼくらだって、ああいうふうに、どろどろなんだ。

母も佐知も麦も、聞こえなかったふりをする。少しの間を置いて、母が懐かしげに語り出した。

——うちはねえ、卵を食べる優先順位があったんですよ。まず、お父さん、それから兄さん。それからあたし。母さんには、かわいそうなことをした。卵の順番は回ってこないんです。小磯さん、あんたのお母さんといっしょ。文句も言わなかった。

——女の人は、お風呂も最後という時代でしょう。

小磯は女たちにまじって、世間ばなしを巧妙に続ける。小磯は男というより、女なのかもしれない。生々しいのだ、そこが佐知は苦手なのだと思いながら、母と小磯の会話に耳を傾ける。

——そうそう。結婚前も結婚してからも、あたしのお風呂も、いつも最後。佐知も出ていって、お父さんと二人になって、たまーに二人で入ったこともあったけれどね。みんなが入った風呂のお湯は、いつだって、まったり濁っていて、縮れた毛だのごみだのが浮いているんですよ。一度でいいから、清く澄み渡った、沸かしたてのお湯とやらで身体を清めたかった。

家のなかのことを、こんなふうにあからさまには話す母ではなかった。佐知は母を驚きと共に見た。他人様《ひとさま》に、お腹の中まで見せているような、初めて見る素直な母を。

——あたしが子供のじぶんは、鶏をしめて、食べることもあったんですよ。きゅっと、こう、首を折ってね、最後は鶏鍋とか照り焼きにするの。鶏をしめる現場を庭で目撃した兄は、それ以来、鶏肉が食べられなくなっちゃった。あたしは全く平気だったけれど、兄は本当に繊細な人だった。

——え、食べちゃうの。

麦が言った。

——そうさ、鶏を飼うってことは、最後は食べるってことだよ。

小磯がばかに、はっきりと言う。

——しっかり育ててよ。文鳥なんかを飼うのとは意味が違うんだから。大事な食料なんだから。

——え、食べちゃうの。

麦が、人形のように、また繰り返した。

——そうさ、鶏を飼うってことは、食べるということだ。

小磯もまた同じことを繰り返す。

——鶏はね、雀と違って、空を飛ぶわけじゃない。どこまでも地上的な鳥なんだよ。ぼくもそのうち、ご相伴に与からせてください。どんな味がするのか、雛を持ってきた責任もありますからね。

——どんな餌をやればいいんですか。

そんなことを聞く母は、もうすっかり、養鶏家のような顔つきだ。

——穀物だね、幼雛《ようすう》用の餌があるから、あとで買って持ってきますよ。

——ようすうよう?

——ひよこのことです。育つに従って中雛《ちゅうすう》、大雛《だいすう》と呼ぶ。

——死なせないようにがんばります。

さっきまで不安そうにしていた麦も、当事者の顔ではりきっている。

佐知は、意外な気持ちで彼らを見、余計なことをしてくれた、と小磯をうらむ。さきほどから、目をあわせず、というか、目をあわせられず、小磯という男が、鬱陶しくてならないのだったが、そんなふうに、佐知が嫌がり、佐知に冷たくあしらわれることを、しかし小磯はどこかよろこんでいるようだ。佐知にはなんとなくだが、それがわかる。それでいっそう、いらいらする。小学校時代、こういう男子がクラスにいた。

しかし、雛がやってきたことは、悪いばかりではないことも佐知は理解していた。目的を失った麦に養鶏という仕事ができた。それも祖母といっしょに進めることができる。昼間の勤務をもっている佐知に、できることは限られているが、双方、仕事とわりきって、彼らに任せてしまうほうがいいのかもしれない。

今必要なのは変化だ、という気がした。佐知はできるだけ、小磯本人を考慮の外に出し、小磯の行為だけを、冷静に見ようと思った。

――雛がもう少し大きくなったらね、もう少し大きい餌場をつくる。そいでもって、すっかり鶏に成長すれば、今度は庭に、屋根付きの大きい養鶏場を作ります。心づもりをしておいてください よ。

小磯は現場主任のように命令口調だが、母も麦も、素直に頷いている。もちろん、佐知は頷かなかった。

晩秋の潮風が肌に刺さる。おおさぶ、という母の一言で、小磯はようやく、外の肌寒さに気づいたのか、それじゃあ、また来ます、と足ばやに去っていった。

三人の女たちは彼を見送り、空虚な眼差しで、しばらく庭に立っていた。小磯が去ると、自分らが急に取り残されたように感じた。

――温かいお茶でも淹《い》れましょう。

佐知の一言に促され、室内に移動する。遠くに見える群青色の海が、冬に向かって恐ろしいように澄み渡っていくのを、まだ誰も気づかなかった。


――お母さん、むかし、うちでセキセイインコを飼っていたことがあったわよね。

佐知は母に語りかける。家で小動物を飼うのは、実に久しぶりという気がしたからだ。

――えぇ？　セキセイインコ？　そんなこと、あったかしらねえ。

――飼ってたじゃない。チカ、って名前だった。

――チカ？　変な名前だねえ。セキセイインコにつけるような名前じゃないね。ニンゲンの、女の子の名前みたい。

そう、なぜ、そんな名前をつけたのだったか、ほんとうに、女の子のような名前である。そんな名前の妹がほしかったのかもしれない。心の奥のほうに隠してあったものが、いきなりあばかれたような気がして、佐知はほんの少し狼狽し、しかし狼狽したことを、母に隠した。

セキセイインコを飼っていたことも、それがチカと呼ばれていたのも、確かなことだ。しかしそれを確実に覚えているのが、この場には、佐知しかいない。ひとつの記憶は一枚の布のようなもの。最初はその端を幾人かで持っているが、一人ひとり、この世から消えていき、あるいはまた、記憶そのものを失って、最後それを持っているのが自分ひとりになる。その自分も死ねば、記憶の布は、ひらひらと宙に浮いた後、やがて地面に落ち、朽ち果てていく。だから人は物語を書くのか。

当時、飼っていたインコは、小さな雛から可愛がって育てたから、佐知のことを親と思い込んだようだった。「チカ」と呼ぶと、いつもまっすぐに佐知のほうに飛んできて、てのひらや肩にとまった。母は家のなかが鳥臭くなるといって嫌がり、糞を見つけるたびに、まるで鳥のような、きぃーっという声をあげたが、インコのほうも、母にはあまりなつかなかった。

母に叱られるのを覚悟で、佐知は時々、鳥かごの小さな扉を開け、チカを部屋のなかに放してやった。チカはまだ本当の空を知らなかったが、そのことを、鳥の不幸と、佐知は考えたことがなかった。

高校生になるまで、佐知はよく、飛ぶ夢を見た。それも部屋のなかで飛ぶ夢を見た。たたみをターンとけり、天井近くまで浮遊する。吹き抜けではないのだから、今考えれば、すぐに頭をぶつけそうなものだが、そのとき体感される空間はとてつもなく広い。

あのとき、佐知は夢のなかで、チカになりかわり、飛んでいたのかもしれない。きっとそうだ。チカには翼がある。佐知にはない。佐知には、昔から翼願望があった。空を飛びたい。バカのような夢だが、空を飛びたいと、半ば本気で思っていた。夢で飛べるのだから、現実でも、飛べるような気がしていた。

ある日、佐知は、チカを連れて散歩に出た。

鳥の首に、犬のような鎖をつけるわけにはいかない。その必要も、感じなかった。チカが自分から離れるなんてことは、あり得るはずがないと考えていた。

ところがチカは、正真正銘の鳥だった。それまで佐知の肩を、自分の居場所と決めていたはずなのに、あるとき、ふっと翼を使い、いきなり上昇したかと思うと、電線へ留まった。

〈チカ、チカ、降りてきなさい〉

佐知は言った。チカは降りてこなかった。

〈チカ、チカ、降りるのよ、降りてきなさい、チカ〉

チカは、しばらく電線の上で思案していたが、やがてバタバタと、今度はもっと、大きな空をめざすと、高く飛びあがり、そしてそのまま、見えなくなった。

物事が変わるとき、変化のきざしは、そのずっと前から、すでに起きているのだろう。変化の「種」のようなものがあって、それが現実という地面に着床する。そのときはまだ誰も、種の存在に気づかない。そもそもその種を、蒔いたのは誰か。それは誰にもわからないが、運命の神の腕が、ほんの少し、ふりおろされたことは確かだ。

夫が死に、父が死に、男たちの気配が消えてしまうと、佐知の家へ、いろいろな人やものがやってきた。小磯が来た。柴山さんが来た。母も来た。そして雛が来た。

母は、ただやってきたのではなく、家を捨ててやってきた。夫と暮らしていた家、長いあいだの記憶がつまった家。それを、驚くほど簡単に脱ぎ捨て、ここへ来た。もうあの家のことを話題にすらしない。後片付けやら心の整理のために、佐知は時間を見つけては、からになった実家へひとり、通った。

もっと若い頃、佐知は自分の生まれ育った家が、いつか、何らかの事情で、壊される時が来たら、そのとき、自分は、平常の精神を保てるだろうかと不安に思ったものだった。実家が更地になることを想像するとき、きまって叫び声のようなものが佐知の内側に上がる。佐知の声であって、家そのものの声でもある。そこで生まれ、両親に育まれ、大きくなると、自由を求めてもがき、親を裏切り、嘘をついて反抗し、そのたびに家を出ようと決心しながら、幾度となく引きもどされた家。あの力とは、なんだったのか。なんという引力。なんという呪縛。親の呪縛ではない。家の呪縛だ。

しかしその後、今に至るまで、いろいろなものを失ってみると、今の佐知には、生家を失うことが、精神の錯乱を呼ぶほどのものとは思えなくなってきている。

半世紀以上を経て、家は傷み、古くなり、傾きかけ、母がふらりと家出をしたことで、からっぽになり、ついには魔力を失った。

ある冬の日曜日、誰もいない実家にやってきた佐知は、伸び放題になっている雑草を形ばかり抜き取りながら、まったく同じことを、したことがあると思う。

墓だ。父の墓。墓掃除だ。年に一度か二度の墓参りへ行くと、墓は無縁仏のように、荒れ果てていた。仏花は頭を落とし、そして腐り、墓の周囲は枯れ葉、落ち葉にうもれていて、敷石のあいだから、雑草が、びっくりするほど背高く伸びている。墓掃除は、案外、時間がかかった。墓石・仏塔をみがき、雑草をぬき、腐りかけた仏花を捨て、水をいれかえ、箒で掃き清め。

最初はやれやれと半ば諦めながら始めてみても、気づくと作業に没入していた。風の音や鳥の声がした。そして見上げる空は高かった。

墓掃除に比べれば、墓前で祈る時間は、あっけないほど短い。墓掃除そのものが、すでに祈りの一部だったのだろう。一人、早々《はやばや》と帰路につく。同行者はいない。母は足の痛みを理由に、お墓のことを、すべて佐知に任せるようになった。

実家もまた、あの墓のようなものに成り果てたか。あんなに失うことを恐れていた家だったのに、今はどう始末をつけたらよいかと、現実的なことばかりが頭をよぎる。登記簿上は母になってはいるものの、家と土地に、母はまったく執着をしめさなかった。そして小磯からは、そんな実家を借りたいという人がいるらしいことも、以前に聞いてはいたが、長く、話はそれきりになっていた。

このところ、雛を理由に、毎日のようにやってくる小磯に、ある日、佐知のほうから、家を貸す話を持ち出してみた。小磯はきょとんとした顔で、

――ああ、そういう話、前にしたよねえ。決心ついたぁ？

などと言う。

――決心も何も、どんな人が借りたいのか、何にもわからない状態では、貸せませんよ。

――そりゃそうだよね。あんたの実家、部屋が、いくつもあるだろ。ぼくの知り合いが、前から、人寄せできるような、そういう場所を探していてね。なかなかいいところが見つからない。灯台もと暗し、ってわけで。どうだろう。

――何をなさっている方ですか。

――同業。マッサージ師だ。ねえ、どうだろう。不動産屋をいれると、手数料を取られるばかりだからね、直接やりとりしたらどうかと思ってさ。

――そんな。不動産屋に入ってもらうのは、何かトラブルがあったときに、間に入る人が必要だからでしょう。

――トラブルが起きるような相手には貸さないよ。相手を見てのこと。しっかりした相手だ。ぼくを信じてよ。

――あんなに古い家で、いいんですか。天井にネズミがいますよ。

――古い家だからいいんですよ。風情があって。今や希少価値。ネズミの一件は、ぼくに任せてください。なに、古い家にネズミはつきもの。仲間と思って暮らせばいいんで。

――それはむかしの話でしょう。

小磯とは、いったい、何者なのか。今までどんな生活をしてきたのか。

佐知の悩みを軽く受け流すと、小磯はもう、佐知の家が自分の手中に入ったかのような態度で、リフォームの話まで始めるのだった。

二ヶ月後、小磯の同業だという男が、実家を借りることになった。彼は、ここで指圧院を開きたいということだった。内見ということで佐知の前に現れたその男は、林と名乗り、至極物腰のやわらかな人物だった。

この辺りの家賃相場よりも、だいぶ高い値を示してくれたので、この家の問題点も隠さず話す。「ネズミがいますよ、家のなかには入ってきませんが、壁や天井から音がすることがあります。割合、しっかりした作りですが、二階の一部は傾き、地震が来たら、倒壊の可能性もあります。この辺りの地盤はかなり緩いです。むかし、工業用水を地下から組み上げた後遺症のようです」。林は、その一つ一つにうなずきながら、「ネズミ対策では、僕も苦しんできましたから、いろいろノウハウを知ってます。猫を飼ってもいいかなと思ってるんです。かまいませんか。地震は怖いですが、命の責任まで負ってくれとは申しません」。そこまで言うので、耐震診断をすることになったが、それでもなかなか佐知の決心は固まらない。すると小磯が、「悩んでいるなら、まずは一年で」と提案してくれた。小磯の言うことに林は逆らわず、「いいですよ、まずは一年の契約で」。そして双方、気に入ったら更新する。

小磯は押したり引いたり、交渉をうまく進め、佐知にも林にも、悪くないと感じさせる契約がまとまった。林が小磯の言うことに逆らわないように、小磯のほうも林に逆らうようなことはない。だが林のほうが、年齢的には小磯よりも上に見え、少しだけ、小磯を押さえつけているように見える。二人は古くからの仲間のようだった。

――明け渡しは慌てないでいいですよ、気持ちの問題もあるでしょうからね。

小磯が最後にそう言ってくれたので、佐知は気がうんと楽になった。かえってふんぎりがつき、そこからは家のなかの片付けが急ピッチで進んだ。処分するしかないガラクタがほとんどだった。唯一、金目のものといえば、父の残したコインと切手の類で、コレクション癖のあった父は、金の記念メダルや記念切手の類を、長年にわたって膨大に収集していた。死ぬ前に、売ればかなりの金額になるから、生活費の足しにしなさいという言葉が母にあったという。佐知も子供の頃から、その存在を知っていた。しかし、家を貸すことになり、いざ、換金しようとしたときに、あるはずの棚に、それらはなかった。母は売っていないという。おかしいわね、と言った。もちろん、佐知が知る由もない。あんなことを言いながら、本当は父が売って、それをすっかり忘れていたのだろうか。生前の父と小磯のあいだで、なんらかのやり取りがあったのだろうか。ともかく、山のようなコインも膨大な記念切手も、煙の如く、きれいに消えていた。

佐知は、そんなものでも、自分が当てにしていたような気がして――実際そうだったのだが――浅ましい自分の心を恥じた。恥じた後から、どうにも不思議な気持ち、誰かを疑いたくなる気持ちが、湧き上がってくるのも、抑えられなかった。

長くあの家に出入りしていた小磯が、何かを知っているのではないか。うまく聞かなければ、彼を疑うことになる。うまく聞く自信が佐知にはなかった。

それにしても、どんな思いで父はあれほどの量を集めたのかと思う。切手・コイン収集とは、父ばかりではなく、時々、耳にする趣味だが、集めているそのときには華のような時間があるのだろう。ミツバチのように、同種のものをひたすら集める心。父が楽しかったのなら、それでいいのだが、集めても集めても集めても、おそらく満足には至らず、更に集めたいという気持ちが沸き上がって来たのだろうと思う。佐知は父の孤独に触ったような気がした。

実家の家財は、近所の片づけ屋にほとんどを引き取ってもらい、わずかな金銭と引きかえにした。壁と畳くらいは新しくしようと、これも近所のリフォーム専門店にお願いした。そうして実家はあっという間に、マッサージと指圧の治療院になった。コインと切手の消失は小さなしこりとなって心の中に残ったが、小磯に聞く勇気は佐知になかった。

洞門の表札はおろされ、今は、「林治療院」という古びた木の看板がかけられてある。

――大家さんにはいつでも優先で、治療させていただきますよ。

林さんは、調子のよいことを言うが、マッサージのためだけに通うには、実家と佐知の家は、離れすぎている。林さんには、小磯同様、家族がいないようで、長く、一人で指圧をなりわいにしてきたという。佐知は「大家」として、この後も付き合いが続くことを覚悟し、それ以上、借り手の身の上を深くはたずねなかった。

林と小磯は、仲がいいのか悪いのか、今ひとつ、よく、わからなかったが、いざ、治療院が始まってみると、林の治療院の施術者として、小磯も名を連ねていた。聞けば小磯が担当する患者もあった。佐知の実家は、あっという間に二人に占拠され、別の空間に成り変わった。いろいろな欠点を申告したのに、家賃も当初、林が提示した、相場よりはるかに高い金額のままだった。佐知の顔を見ると、林は言った。「こういう古民家こそ、今は貴重で人気があるんです」。人当たりの良いことを言う林を胡散臭く思いながら、その一言一言に、佐知の耳は、なぐさめられてもいた。

不動産屋を介さず、直接の契約ということで、小磯の方が契約書を準備した。定形のものがあるという。とにかく、一年ごとの契約、そこを重ねて確認し、最後、印鑑を押してからも、モワモワとした不安が消え去らない。

――心配性だなあ。慎重になるのはいいことだよ、だけどぼくたちは悪人じゃない。これでお父さんも、安心だと思うよ。こっちの家は、任せなさい。いや、任せなさいって、偉そうだけど、あんたが大家、ぼくらが借り手。そこは、おおもと。はずしちゃだめだ。どうぞ、よろしくお願いします。

一応、形ばかりは頭を下げても、小磯の口調はどこまでも軽く、揶揄《からか》うようだ。佐知は小磯をまっすぐ見つめ、表情を崩さなかった。

12　鶏小屋

洞門家の生活が、この頃、にわかに獣臭くなった。

庭に立つと、餌の臭いか、糞尿の臭いか、あるいはまた鳥類の放つ肉の臭いか、おそらくそれら、すべてがいりまざった臭いがして、佐知は自分たちの生活が、鶏中心に回り始めたことを、心底から知らされる。臭いが生活を支配していた。その臭いを、ここへ持ち込んだのは小磯だった。外気の温度が低い今だからこそ、これで済んでいるが、春、夏ともなれば、匂いはさらにきつくなるかもしれない。あるいはその頃にはもう慣れてしまっているだろうか。

三羽のひよこは半年もたたぬうちに、見た目はすっかり鶏へと成長し、佐知はその速さに驚きながら、一方で大きな不安に包まれてもいた。かわいいなどとはとても思えない。だが孫と祖母――麦と母――は、喜々として鶏の世話をしている。勤めに出る佐知より接する時間が長いせいか、新しい家族が増えたとでも思っているような感じだ。

動物嫌いだったあの母が、小磯をたてて、文句一つ言わないのは意外だった。長く暮らした古い実家で、最後の最後までドブネズミの被害に苦しめられた母は、まわりから、最後の手段で猫を飼えと言われても、猫の毛のアレルギーがあるからと断り続けた。ネズミもいやだが、猫もいや。若い頃から動物が苦手で、生き物たちを、角の立たない言い方をしては、極力、身の近くから遠ざけてきた人なのだった。その人が、鶏についてはなぜか例外のようだ。死なせてはならない、とも思っているようで、少しでも様子がおかしいと、小磯さんに聞いてみようと小磯を頼る。

そんな母の様子を見た近所の人から、小磯のことを、おムコさんですかなどと問われたらしい。そういうことは、こちらへ移る、前の家でもあった。それを佐知に告げる母の様子は、なんだかばかに楽しそうで、佐知はますます腹がたつのだ。小磯はいつのまにか、するりと洞門家の懐に入ってしまった。嫌な男だ。そう思いながら、同時に佐知は、自分の感情に用心深くなる。「嫌い」という感情は扱いが難しい。嫌悪がなぜか、自分をも裏切って、容易に好意に反転してしまうことを、佐知は今までの経験からよくわかっていた。なぜか初対面から反発を覚える人ほど、一気に「好き」に傾くということがある。ああ、いまいましい。こんな事を考えることすら、嫌だ、嫌だ、ああ、嫌だ。

今、庭の片隅にある鶏小屋は、雛の成長にあわせて小磯が作った。以前から作るよと宣言していたとおり、立派な小屋ができあがった。「ありがたい」と母は言う。小屋にかかった費用に関しても、小磯は結局、求めなかった。果たして、それですむだろうか。父の看取りについては、きちんとした、少なからぬ金銭を母は支払ったようだ。だが小磯が一体、父に対して何をしたのかは、そばにいた母にも完璧には見えず、もしかしたら小磯自身にも、説明できるようなものではない。もちろん、父当人に聞くのも、死んでしまったのだから不可能である。それが佐知に言葉にできない圧力となってのしかかる。実家を借りてくれたこと、そして鶏小屋、そこに金銭の支払いがあったにしろ、なかったにしろ、小磯の行為の、どこまでが善意で、どこからが計算なのかが佐知には見えない。洞門家のためにかけた労力と、等しいかそれ以上の、何か大きなものを、この先、彼から奪い返されるのではないか。たぶん、いやきっと。

小磯が小屋を作った日は、平日だったから佐知は不在で、そのときのことは、母のいないところで麦から聞いた。

——木曜日の朝、小磯さんが来て、一日かけて作ったの。背の高い、無口な男の人もいっしょだった。二人はトラックで来たの。男の人が運転してきて、小磯さんは助手席にいた。トラックには材木がたくさん積んであって、それを使って、庭のすみに、あっという間に鶏の小屋を作っちゃった。ワタシもおばあちゃんも見ていただけ。男の人はなんにも喋らないの。昼はどこかへ二人で食べに行った。おばあちゃんが、何か作ると言ったけど、小磯さんは、大丈夫って言って、おばあちゃんはちょっとほっとしていた。十時と三時には、お茶とお菓子を持っていったよ。小磯さんも、普段はワタシタチといるときにはおしゃべりなのに、その人といるときにはなんにもしゃべらないの。すごくまじめな顔。ちょっと怖くて。別人みたいだった。二人はやることをやって、おばあちゃんの用意したお茶にも手をつけないで、さっさと帰ろうとするから、ワタシ、出ていって、ありがとうございますって言った。小磯さんは初めて笑って、やあ、と言ったよ。このあいだはどうもって。このあいだって、ワタシ、小磯さんに連れられて、林治療院に行ってきたんだ。そこでマッサージしてもらったの。タダだった。お金はいらないって。調子は？って聞くから、最高って答えた。なんか、調子、いいんだよね。そのときの小磯さんの態度って、ちょっと外国人みたいだった。How are you? って英語の習い始めに教えられるじゃない？どうだい、調子はって、あんな感じ。で、おばあちゃんは、せっかく出したお茶も飲んでもらえなくて、小磯さんに、なんか軽く扱われてるみたいだったけど、ありがたいねえ、って言うばかりで、小磯さんをこれっぽっちも悪く思ってないの。感じ過ぎかもしれないけど、ワタシ、おばあちゃんがかわいそうに思った。お茶をじっと見てたら、小磯さんが、ごめんねって言うの。びっくりしちゃった。心のなかが読めるのかな。今、動物由来の妙な感染症が、飼育動物を扱う関係の事業者のあいだですごくはやってるんだって。だからワタシタチにうつしちゃまずいんで、お茶も飲まないんだって。せっかく用意してくれたのにごめんねって。動物由来ってなんだろう。小磯さんはコウモリが持ってたウィルスだと言ってたけど、ほんとは人工の、人が故意に作ったものかもしれないんだって。この世には、なにをしても消えない悪意があって、叩いても叩いても、それはどこからか生まれてくるんだって。小磯さんって宗教家みたいに思えるときがある。マッサージ師は表の看板で、生き物を扱う副業もしてるみたい。

——生きるためにはね……ひとはできることをなんでもするわ。

——あ、おんなじことを、背の高い男の人も言った。小磯さんが、動物由来のウィルスの話をした時、まだ、やってんの、と小磯さんに聞いたの。

——で、小磯さんは？

——生きるためにはね、なんでもやるさって。そしたら、初めて、背の高い男の人が笑った。ひねた笑い方で、おかしくて笑っているというのではなくて、なんか顔が、歪んでいて、唇の半分がきゅっと上がって。笑うとね、顔が崩壊したの。怖かった。初めて見たよ、あんな顔。

——その背の高い無口な人って、いったい誰なの。

——知らないよ。

また一人、獣臭い、よくわからぬ人物が、小磯のまわりから湧いて出てきた。麦が言うに、この頃、小磯は、佐知のいないときにも、鶏のことやらなにやらで、毎日のようにやってくるらしかった。佐知の不安をよそに、鶏たちは、実にきょとんとした目をして、我が物顔に庭を歩きまわっている。

月ごとのカレンダーをめくり忘れているうち、いつの間にか、十二月も、だいぶ過ぎていた。冷え込みがだいぶ厳しくなって、佐知は母のために、小さなコタツを買った。そんなある日、佐知の休日を知って、小磯がやってきた。土曜日だった。

――どうです? 鶏のいる生活は。慣れましたか。

佐知は庭にいて、慣れない鶏たちの世話をしていた。背中にかけられた声に、佐知は心底、驚き、瞬間、小磯を強く憎んだ。

怪しい男。信用できない男。しかし出てきた言葉は、――ああ、どうも。それにしても、ひよこの成長って早いんですね――という実に穏やかなもので、自分のこういうところに、小磯がつけ込んで来るのだと思う。

――あんた、無知だね。

小磯は呆れたように笑い、

――食肉用の鶏は、こんなもんじゃないさ。もっと早く成長させられる。しかも大量の抗生剤を投与されてね、ぎゅうぎゅう詰めの小屋のなかで太らされ、次々市場に放り出されて食われちまう。仲間に踏みつけられて死ぬやつもいるんだ。こういう現実、あんた、見たこともないだろ? 人は食べたものによってできあがっている。つまり、そういう鶏を食ってる人間も、やがては抗生剤まみれになり、その抗生剤が効かない「耐性菌」におかされる、というわけさ。ちょっと調べりゃ、もう、市場の鶏肉は食べられないよ。そういう鶏が産む卵も同じ。たった三羽でも、あんたらに飼われているやつらは幸せさ、いや、真に幸せなのは、あんたらのほうか。ははっ。

だから自分に感謝しろ、と小磯は言いたいのか。力説する小磯の顔が、段々と四羽目の鶏のようだ。

――鶏たち、あまりわたしにはなつきません。

――そりゃそうだろ、あんた、昼間はいないし。それに自分を嫌っている人のそばには、人間だって近寄りたくはないよ。あんた、ほんとは苦手なんだろ、こいつらが。面倒なものを連れ込んだって、迷惑そうな顔をしてるよ。

――そりゃそうですよ。まだとてもかわいいとは……。

――かわいいというのはペットに対する感覚だ。忘れちゃいけない。鶏は食うために飼ってる家畜さ。

くっくっくっ、くっくるう、るう、るう。

くぐもった鶏の鳴き声が庭に満ちた。佐知はその声が、外側からでなく、自分の内側から聞こえた気がした。

そして昔読んだ、萩原朔太郎の詩を思い出していた。朔太郎は、鶏の鳴き声を、とをてくう、とをるもう、とをるもう、と詩に書いた。くぐもるようなその音は、鶏でありながら内省的で、初めて読んだときから、響きの内に、くらい宇宙を抱えているような気がしたものだ。

——とをてくう、とをるもう、とをるもう、とをてくう、とをるもう、とをるもう。

——ええ？　なんだって？

小磯から問われ、自分が鶏から不意に人間に戻った気がした。

——え、なんですって？

逆に尋ね返すと、

——あんたの目、少し変だよ。

そう言われて初めて、自分が「とをてくう」と鳴いたのを意識した。

目の前に、人間の男が、一人、立っていた。

——あの、鶏って、朝一番でコケコッコーとは鳴かないんですね。

鶏といえば、朝を告げる鶏と思っていた佐知は、コケコッコーが、近所迷惑にならないだろうかと心配していたことを小磯に告げた。

——ははっ、あんた、やっぱり、都会のおじょうさんだ、なぁんにも知らない。

佐知の無知がおかしくてならないというように、小磯は意地悪く笑い、続いてひよこや鶏についての、得意げなレクチャーが始まった。
――コケコッコーと鳴くのはオスだけですよ、ここのひよこはみんなメス。素人見立てだが、最初からそうじゃないかと狙ってもらってきた。これからせっせと無精卵を産みますよ。一匹でもオスがまざってれば、交尾して有精卵を産むが、有精卵はコストがかかって、今はインフルエンザワクチンに使われるくらいだろうね。オスってのはね、なかなかつらい。役目が終われば、あとは食肉にされるだけ。なかにはひよこのうちから処分されるやつもいる。あんたのところは、鶏も入れて、これで、みんなメスというわけさ。メスだらけの一家だ、あっはっは。

昨晩、佐知は妙な夢を見た。月の光がゆく道を照らしていて、佐知の前に、佐知自身の影が長く伸びていた。後ろから走ってくる誰かの足音がした。それが不意に途絶え、背なかにおおいかぶさる、もわっとしたものの気配がして、佐知の影がいきなり膨張した。数倍にもふくらみ、それが空に届いて広がったとき、影はまるで怪鳥の翼のようだった。空一面暗くなり、大雨が来た。わっという、自分のあげた声で目が覚めた。長い道を走ってきたかのように汗をかいていた。悪夢だった。夢のなかの影が、胸のなかにまだ、尾をひいている。

――あの……鶏のことですが、そもそもどこから調達されたんですか。

本来ならば、ひよこのときに確認しておくべきことだ。間の抜けた質問だとわかっていながら、佐知は聞いた。

——鶏を飼っている個人宅があってね、そこで生まれた雛をもらってきたんですよ。なに一つ、おそれるようなことはない。あんた、鶏のことになると、なんだか妙に不安な顔をするね。心配することなんか、なぁんにもないんだよ。この世に生まれたものは、ときに間引かれもするが、あっちをこっちに、こっちをあっちに、あれこれ融通して、まあ、一種のあっせんだね。そういうつじつまあわせをして、命をいかすやり方もある。人間も動物もおんなじことですよ。

小磯はいったい、何を語っているのか。

——雛の場合、オスメスの見分け方は簡単じゃないんだよ。ひよこ鑑定士って、見分ける専門家がいるくらいだからね。羽の生育の速度や、生殖器、尻の穴の違いなんかで雌雄を見分けていくんだが、生殖器の違いっていうのはやっかいでね、微妙な差なんだ、これを見極めるのは大変ですよ。繊細な目が必要。熟練した日本人の鑑定士は、海外でひっぱりだこらしいよ。速くて正確だっていうんで。

しかし小磯はその資格を持っているわけではない。しかしまったくの素人というわけでもないらしい。いつもなにかの「はざま」を泳ぎ渡る。いかにも小磯らしい生き方だと思う。

人と獣、男と女、聖なる者と邪悪なる者。小磯はぶれている。見極めがつかない。そうしてごく自然に、人のテリトリー内に入り込み、目の前の現実を、さりげなく変えてしまう。小磯はがんばらない。力んでもいない。やわらかい泥である。あの腰の軽さと人あたりの良さは、むしろ「よろい」なのだろう。小磯にしか見えない獣道を歩くための。

――ねえ、ちょっと話があるんだけど。

麦の目がぼたんのように一ヵ所に定まっていた。夕食がすんだあとのこと。佐知の母は早寝で、すでに部屋に引きあげていた。一人、珈琲を飲んでいた佐知は、麦と久しぶりにテーブルで向かい合った。

麦の背後では、低い音でテレビがついており、ちょうど、テニス全仏オープンの、男子の試合中継が始まったところだ。全仏オープンは初夏の頃の開催だ。古い録画が残っていたのだろうか。佐知が消そうとすると、

――つけておいて。この一年の四大大会《グランドスラム》のハイライトシーンを集めた番組よ。もう、ワタシ、テニスの試合も、ぜんぜん、普通に観れる。

勝ち誇るような調子で、麦が言った。

――ああ、クレーコートの色、なんてきれいな色！　ねえ、母さん見てよ。

いつからだったろう。麦が佐知をママと呼ばなくなったのは。思い出せない。佐知はテレビ画

面に目を移した。じんわりと温かい赤土のコートの上で、二人の選手が闘っていた。男子シングルスの戦いで、一人はスペインのラファエル・ナダルである。テニスを熱心にやっていた頃、麦はナダルの大ファンだった。今もマヨルカ島で暮らすというナダル選手は、見るからに陽焼けした野性的な自然児で、赤土の赤が頬によく映える。力強いプレーをする選手だが、コート上では一貫して紳士的なプレースタイルで、決して感情的にならず、ラケットをへし折るなどということも皆無であった。かつての麦はナダルに夢中で、ポスターや関連グッズやらを集めていた。

勝利にこだわっていた頃の麦が好んで身につけていた赤は、いかにも赤らしい赤だった。たとえば日の丸の赤のような。しかしクレーコートの赤は、もっとおだやかで成熟した大地の色だ。クレーコートは何層にもなっているというが、その表面には、煉瓦を砕いたものが敷き詰められていて、赤はその、レンガの色だという。温かいアースカラーに今の麦が惹かれるようになったことを、佐知は健康の証のように感じて、ひそかによろこんだ。

〈確か、この色、和名では「たいしゃいろ」というのだわ〉

いつ、どこで知ったのかはまるでわからない。どんな字をあてるのかもわからないのに、そのとき佐知に、たいしゃいろという音だけが、確信のようにまっすぐに降ってきた。赤土と、雲ひとつない空の青。くっきりとしたコントラストが、画面の中に見え、一枚の絵画を見ているようだ。

色は不思議だ。目を通して、人間の感情に直接、働きかける。赤みの強いあたたかな土の色は、佐知の心にジンワリしみた。しみてようやく、そこに自分でも気づかなかった、古傷があることを教えられたような気がした。

――ほんと、いい色だわ。麦ったら、試合のときには、お守りみたいに、どこかしらに赤を身につけてた。

――うん。なんで、あんなに赤が好きだったんだろう。赤って勝つために必要な色だったんだ。でも今は違うな。なんだかつきものが落ちた感じだな。

――勝ち負け以前に、赤ん坊の頃から赤いタオルがお気に入りだったのよ。片時も離さなかった、あなたの魂はきっと赤い色をしているに違いないって、みんな思ってたわ。

――ねえ、赤ん坊って、なんで赤ん坊というのかな。

――ああ、なぜかしら。皮膚の色かしら。お腹から出てきたとき、あなたも真っ赤だった。いや正確には、赤黒い感じだったわね。赤ちゃんの赤は、あの皮膚の色から来ているんじゃないかしら。赤ちゃんってね、お腹にいるとき、自分で呼吸ができないんですって。だから酸素を運ぶ赤血球がたくさん必要らしい。生まれたては、猿の子かというほど、どんな子も、まっかっかよ。

――ねえ、母さん……ワタシ、学校やめようと思うの。

テレビから目を離し、佐知の正面を向いた麦が、いきなり告げた。

素早いサーブの球が、突然、佐知の喉元に飛んできて、そして今、じわじわと内なる肉にめりこんでいる。

——なんですって。なぜ。やめてどうするの。

——働く。普通はこういう時、高校くらい出ていないと苦労するよって、言うのよね、親は。

——わたしだって言うわよ。高校中退した女の子が、働ける場所、ファーストフードのアルバイトくらいしか思いつかない。

——ねえ、冷静に、聞いてほしいのだけど。

——ええ、冷静よ。

——もう、学校に、ワタシの場所はない。そう感じるの。これについては、何を言われても変わらないと思う。で、おばあちゃんの家を、今、貸しているでしょう。

——林さんの治療院。

——このあいだ、小磯さんといっしょに訪ねたことは話したでしょ。林さんと小磯さんは仲がよくて、仲間みたいなの。今度は初めて林さんがマッサージをしてくれて、なんだか身体も心も、ほんと軽くなったの。小磯さんもうまいけど、林さんのほうが、もっとうまい。林さんのほうが、少しだけ歳が上で、経験が豊富なんだって。すごいんだよ、ワタシの話をただ、うんうんと聞きながら、マッサージしてくれるだけなのに、なんか、フワーっと身も心も軽くなるの。それで、ワタシのこと、言い当てるの。どんな悩みがあるとか。すごくない？　心眼で見るんだって。

——で？

——ずうっと自分で考えていたことが、林さんの治療院に行って、はっきりしたの。ワタシ、治療院でしばらく働いてみる。患者さんの事務手続きとか、介助みたいなこと。看護師さん見習いだよ。林さんのところの治療院は、総合的な学問所なんだって。マッサージは東洋医学のごく一部。身体に有効な食べ物、料理方法、宗教、考え方、習慣づけ、いろんなことがあそこで学べるって。すごく考えたけど、同じくらいの歳の子が、やっぱり、来てて。

——どんな子？

——岩波さんというの。女の子だよ。不登校で、治療院で勉強してるんだって。

——通いの生徒さん？

——てか、その子は、治療院で暮らしてるみたいなんだけど。

実家の賃貸契約は、林氏とのあいだに取り交わされている。あいだに不動産屋を入れていない直接契約だ。契約書の雛形は小磯が作った。同居人についての項目はない。しかし当初は、林氏が治療院の傍ら、一人で住むと聞いていた。

——そのおじょうさんは、未成年ではないの。

——うん、まあ、未成年だろうね。

――ご両親はもちろん、ご存じなのでしょうね。

――さあ。

――そういう子は他にもいるの。

――知らない。

――そこで働くって、どちらが言い出したことなの。

――話し合っているうちに、なんとなく、そんなことになったんだよ。試験的にやってみようということだから、まあ、トライアル期間。当然、お給料なんかなしだよ。

麦は平然と言ってのけた。呆れていると、

――母さん、がめついな。働くといっても半分以上は勉強、こっちが払ってもいいくらいなんじゃないの。

自分は今、何かわけのわからない者と、精神的な綱引きをしている。負けるわけにはいかない、と佐知は思った。最初は小磯だけだった。それから今、林が加わった。このあいだ、鶏小屋を作ってくれた、背の高い男も仲間のようだ。相手は個人ではなく組織なのかもしれない。心細かった。そうしてふと、自分と麦のあいだに横たわる、広い大きな、ダイニングテーブルに目が留まった。いつもあるのが当たり前で、しげしげと見つめたことはなかったのだ。

びっくりするほど、表面に傷がある。天板の塗料は剝《は》げ、コップの輪染みもあちこちに。佐知が結婚したばかりの頃、夫と二人、悩みに悩んで買ったものだった。秋田の杉材の一枚板で、軽くて強度があり、木目が美しい。長い年月のうちに、このテーブルは何を目撃し、何を聴き、何を忘れて、何を吸い込んだのか。当時は、きっと家族が増えていくような気がしていたから、六人くらいは座れるテーブルということで選んだのだった。ダイニングテーブルに、佐知と夫は未来を託した。あれから二十年、麦が生まれ、夫が亡くなり、今、母が来て、差し引き、プラスワンになったものの、この先、このテーブルを囲む人々は、欠けていくばかりだろう。

——もし、わたしが死んだら、あなたはこのテーブルを使ってくれる？

話を棚にあげて、佐知はいきなり、そんな問いかけをした。

——これ、いいテーブルなのよ。表面を削ってもらえば、また新品同様に再生するわ。かといって、つるつるにしちゃうのも、逆につまらないと思う。

——傷やしみあとも、家族の歴史って言いたいんでしょう？

——あなたが生まれる前に買ったものだから、あなたにとっては、あって当たり前のテーブルよね。死んだパパといっしょにくたくたになるまで探して歩いて、ようやく見つけたの。今はもう、そんなエネルギーはないわ。

佐知はこのテーブルに、知らぬ間に支えられて生きてきた。

——いいテーブルだとは思うけど、ワタシ的には少し重いな。だってこれ家族用のテーブルでしょ。一人で使うには大きすぎる。ワタシ、一生、結婚しないような気がするんだ。

——あなたにはあなたの人生がある。好きなようにしたらいいわ……でもね。

その言葉は、あくまでテーブルに関してのものだったが、麦に治療院で働くことを、許可したように響いた。

——あ、じゃあ、いいのね、明日から行く。そこで暮らすなんて言ってるわけじゃないのよ。人のために働きたいだけ。ただ、それだけ。

13　なをという名前があります

――わぁ、面白い、母さん、見てよ。

庭のほうから麦の声がした。台所にいた佐知は、なんのことかさっぱりわからなかったものの、楽しげな声につられて窓をあけて庭を見た。茶色の鶏のそばに、しゃがみこんでいる麦の姿が見える。

――どうしたっていうの？

――まぶた、鶏のまぶたよ、面白いの、下から上へ向かって閉じる。

出勤前の早い時間だ。朝と夕、鶏たちの世話をするのが麦の役目になっていた。まかせっきりの佐知は負い目もあって、水に濡れた手をふき庭へおりた。冷たい潮風がほほを撫でる。

麦がほらね、と言いながら、茶色の鶏――ホウジチャという名だ――の頭を柔らかく押さえつけている。ホウジチャはうっとりしたように、確かに下から上へとまぶたを閉じた。シャッターなら当然、上から下だ。鶏のまぶたは、ちょうど逆向き。

「おおっ」。佐知のなかから、男の子のような声があがった。三羽いる鶏は、ホウジチャを始めとしてすべてメス。それぞれに麦のつけた名前がある。ホウジチャの品種はボリスブラウンという。茶色の毛羽で、産む卵も茶色。小磯が言うには、「穏やかな性格だから、初心者は育てやすい」。他の二羽はユキコとミツコ。白色レグホンという品種だそうだ。せっかちだが、白い立ち姿に気品がある。ユキコは雪のコ、ミツコは蜜のコ。真っ白なユキコの羽に比べ、ミツコの羽には、数ヵ所、蜂蜜をたらしたような筋状のしみがあった。

雛から育てたせいで、鶏たちは洞門家の人々によくなついた。なかでも一番、熱心に世話をしてきた麦を、親とでも思っているのか、面白いようにあとを追う。今も「まぶた」と聞くと、ぎくりとする佐知だが、麦のほうは至って無邪気で、ああして鶏のまぶたに驚いている。「まぶたが閉じない」というかつての強迫観念も、本人にとっては遠い過去になっているのかもしれない。本当にそうなら、それでいい。しかし麦の回復に、小磯の多大な影響を感じる佐知は、麦の現状に心から安心しきれない。麦は実際、大きく変わった。ついこの間まで、部屋に引きこもり、ろくな会話もしなかった。目を覆いつくす長い前髪に隠れ、人と目をあわせることもなかった。

それがどうだろう。林治療院に通いだしてからは、うるさい前髪はもちろんのこと、髪全体をバッサリ切って、可愛らしいショートヘアへと変身した。今までなぜ、そうしなかったのかと思うほど、そのスタイルは麦に似合った。本人はただ、「こうしたほうが動きやすいから」。そのとおりだ。昼間は林治療院。朝と夕には鶏の世話。今まで佐知が、ほとんど単独でやってきた家事も、最近では麦が手伝ってくれる。洗濯物一つ干すにしても、天気予報をチェックし、午後から雨となれば部屋干しにしたりする。動きが主体的で、先のことを考え、なかなか頼りになる。

本音を言えば、麦には鶏の世話や家事、マッサージ見習いなどより、中退で中途半端になった勉強を独学でも続けさせたい。だが今、麦は全ての途上にある。まずは本人の気持ちに添って見守るしかない。

水やり、餌やり、小屋の掃除。鶏小屋には砂場があるが――それもまた小磯が作ってくれたものだ――砂場を清潔に保つのは手間がいる。それについても麦は、面倒だという顔もせず、淡々とこなしている。砂場の砂は、鶏たちが生きていくために、どうしても必要なものなのだと麦は言う。その言い方を聞いたとき、佐知はこの国の皇族の一人が、自分らの結婚を多くの人に不安視されながらも、生きていくために必要な選択なのだと言い切ったことを思い出し、生存がかかっていることをやりぬくことにおいては、鶏も皇族も同じなのだと、妙なところに合致点を見い出し納得した。

麦から聞いたところによると、生来、歯というものを持たない鶏は、食べたものをうまく消化することができないらしい。そのため、砂や小石を臓器内に取り込み、それによって食物を細かく砕くのだという。佐知は連想を焼き鳥屋に飛ばし、砂肝という言葉の意味を理解した。本来、鶏の肝には砂などがじゃりじゃり、取り込まれていたのだ。だから砂肝。もちろん人が食べる鳥の肝からは砂がきれいに取り除かれているだろうが。

――そんな知識、いつどこで覚えたの？

聞けば、鶏に関することはすべて小磯が教えてくれたと言う。最近の麦は、小磯をあらゆる意味で「師」と仰いでいるようなのだ。この間など、思わず「師が……」と口にし、佐知がぎょっとして黙ると、「小磯さんが」と言い直した。何かを取り繕うという感じもなく、不自然なほど、自然だった。

――鶏見てると飽きないわ。ねえ、母さん、鶏にはね、まぶたのほかに、もうひとつ、瞬膜というのもあるのよ、知ってる？

――知らないわよ、なにそれ？

人が知らないとわかっていて、教える気満々で得意げに聞く麦と、知らないということを、こちらも得意げに、おおいばりで答える佐知である。

――まぶたは顔の皮膚の延長にあるものでしょう。上下の動きで閉じたり開いたりする。瞬膜というのはそれとは違って、何か、危険が迫ったとき、目のなかから瞬時に出てくる保護膜なのよ。だからまぶたのようには、普段、見えない。しかも上下ではなく、水平に動いて目の上に被さる。人間にも昔はあったけど、今は退化してしまったらしいよ。しっぽみたいに。

話はいったん、そこで終わった。けれど、佐知のなかに、鶏の瞬膜のことは長く残った。実に興味深い話で、佐知は聞きながら、自分の記憶に触られたような気がしていた。

佐知は友達の少ない極めて内向的な少女だったが、学校で、気づくと周りに誰もおらず、一人ぼっちで置き去りにされているということがよくあった。いじめというほど激しいものではない。おそらく何か微妙に周りと異なるものが佐知のなかにあって――あるいは佐知のなかに他人を苛つかせる生来の何らかの要素があって――それは自分でも自覚できないものだったし、格別優れた要素でもなく、しかし言わばそれなしには佐知が成り立たないような何かなのだと思うが――とにかく、そういうもののせいで、佐知には友達というものができにくかった。おまけに佐知自身、言葉が出にくかったから、子供のときは、結局、よくわからない変な子として片付けられてきたのだ。

学校で孤独が極まったとき、佐知の目には、よく不思議な膜が張った。記憶にあるのは、小学生の頃から高校生くらいまでのこと。あの膜が目の表面に張ると、外界は遠くなり、辛い現実感が薄れ、自分が何かのカプセルに入ったように感じる。それはまるで、自分自身がこれ以上傷つかないようにと張られた、無意識の防衛膜のようだった。病気と同じく、内側からしか感じ取れないものだから、誰かに言ったところでわかってはもらえまい。だから誰にも言ったことはない。

けれど、あれこそは退化したはずの瞬膜ではないか？

面白いことに、この膜は、その後、人と交ざり、孤独が解消されたときなど、すうっと消えてなくなった。視界は薄曇りの状態から快晴になり、心のなかに光がさす。目は心の窓というが、佐知はそれを、格言の類というより、医学・生理学的な事実だと思ってきた。そうして今、そんなあれこれを反芻している佐知の姿は、人間というより、言葉を持たない、鶏のようであった。


麦は今、鶏たちに朝の餌やりをしたあと、ほぼ毎日、林治療院へ通う。何をしているのか、佐知には話さない。佐知も聞かない。家ですれ違ったときなど、よく続くわねと、励ましとも皮肉とも取れるような言葉をかける。麦は、うんと小さくうなずく。

小磯と林に麦を人質に取られているようだ、と感じないわけでもない。麦が治療院に行くようになった頃から、小磯が洞門家に姿を見せる回数がめっきり減った。あれほど生理的にいやな男だったはずが、来なくなればなったで、少し寂しい。娘を取られ、母と老婆は見捨てられたのではないか。

佐知の母も、近頃、なんだか表情が暗かった。昼間はたいてい一人でいる。一時は、小磯の縁で知り合った柴山さんが、ひんぱんに訪ねてくださった。しかしあるとき、「あのかた、だいぶ瘦せて」、以来、訪れが途絶えたようだ。電話が来て近況を語りあったのが、最後の会話となったらしい。

――出歩く意欲も、食欲も、絵を描きたいという意欲も、なにもかもがなくなったって。あたしより若いかと思っていたら、今年、九十になられるんですって。小磯さんに手当てをしてもらっているそうよ。

「手当て」という言葉が妙な熱を帯びて宙に浮いた。母の話によれば、生涯独身だった柴山さんは、「自宅で死にたい」とかねが言っており、小磯とは看取りを含めた終末の約束が、すでにしっかりできているらしい。マッサージのほか、薬は小磯が調達した生薬《しょうやく》を少々。肉や加工品、くだものや豆腐を食べず、野菜と焼き塩とごまを尊ぶというその食生活は、少食をよしとし、そこにさらに、死の準備が加わると、段々と食べる量を減らしていくということがあるようだ。遂行すると最後は枯れるように逝けるらしい。

――すべて小磯さんの支配下に置かれるのでしょう。あれこれ、うるさく言われそうだし、とても高くつきそうだわ。

――まあまあ。あんたみたいに、最初から不信の目で見ると、なんでも怪しく見えるものでね、お父さんのときには、ずいぶん世話になったんだから。お父さん、死ぬ間際、小磯さんに向かって微笑んでいましたよ。

――まさか。

――本当よ。柴山さん、家族がいないでしょう。自分が死んだら自宅の権利ごと小磯さんにあげて、治療院として使ってもらうつもりなんだって。すごいわねえ。心底、信頼してるのねえ。

佐知はびっくりして、どう言っていいか、わからない。母は続ける。

――臭いがね、違うらしいのよ。西洋医学の薬漬けになった人は、死んだあと、だいぶ臭うとかって。本来、人は植物が枯れるように自然に逝ける。薬などに頼らない最期もあるというわけよ。そしてそういう身体は、死んでもまったく臭わないらしい。まあ、さすがに、いい匂いだとは言いませんよ、死体には死体の、それなりの匂いがするんでしょう。だけどあたしにはわかるような気がするの。人工物が腐ったような匂いとは違うということなのよ。そんな自然な死に方が本当にできるのなら、あたしも続きたい。柴山さん、電話口ではすっかり安心なさってた。小磯さんがいてくれてよかったって。

すべてに自己決定権を持ち、悔いなく生きて来られたかに見える柴山さんも、最後はそうしてほんの少し手助けしてくれる人が必要だ。彼女の場合、それが小磯だった。だが不動産まで明け渡すなんて。小磯の方も、どんな顔でそれを受け入れたのか。心配になるけれど、どう介入していいのか、佐知にもわからない。小磯の、迷いのない、断定するようなもの言いが、佐知の耳に苦々しく蘇った。医者でもないのに、あのような言い方が、よくできるものだと思う。しかしそれも、不安をかかえた人間には、安心材料となるのだろうか。

――柴山さんは娘や孫のいるあたしをさかんにうらやましがるのだけど、だけどあんたなんかは介護の経験もないからね。

唐突に母が言った。

――だから、なんだっていうの？　だれだって親の介護には初めて直面するのよ。ええ、確かにお父さんのときは、会いに行くだけで何もしなかった。舅姑の介護もなかったわ。経験者ということでいえば、大変だったのは、お母さんと小磯さんね。わたしじゃ頼りないって言いたいのでしょう。だけど、小磯さんは他人よ。何もしない家族より、助けてくれる他人のほうがいいということね。今度も代わりましょうか。彼と。

佐知がかっとして母に抗議すると、母はうろたえ、

――誰がいいとか悪いとかって話じゃないわよ。

佐知の母には、「なを」という名前がある。みんな彼女のことを、佐知のお母さんとか、麦のおばあちゃんと呼んだ。本人はそれでよかったのだし、今だって不満はない。けれど、「なを」という名を、死ぬまでにもう一度、誰かに呼んでもらいたいとも思う。昨夜、死んだ夫が夢に現れ、「なを」とその名を呼んでくれたことを、なをさんは思い出していた。夫はなをさんに添い寝してくれ、そしてそのくちびるにくちびるをそっと重ねた。身体には、ぽおっとするような快

感があった。夢から覚めたあともそれは残っていた。とてもありありとなまなましく。おとうさん、おとうさんと、思わず呼ぶと、自分の声に、自分で目覚め、ここがどこだかわからない。そしてなおさんの夫は、すでに闇のなか、すうっとその姿を消してしまった。

なをさんは、九十歳近い今頃になっても、自分の体の奥に赤く燃えたつものがあるのをそのとき自覚した。仲のよい夫婦で、八十代のときも、夜になれば夫婦として抱き合うことがあった。しかしなをさんは、いつも痛かった。夫のことは尊敬していたし、好きだったが、なぜか若い頃から、入ってくるとき痛かった。そういうものだと思い、子供も産んで、そして夫は先に死んだ。痛いかどうか、なんてこと、当事者同士、話すこともなかった。なをさんは、心底、痛いことはかんべんだった。だから夫を拒否してもよかった。実際、なをさんが望んでしたことはなく、なをさんは手を握ってくれたり、添い寝してくれるだけで十分なのだった。しかし夫の求めることを、一度として拒絶することはなかったし、何でも受け入れて生きてきたのだ。そういうものだと思った。思って生きてきた。

比較するのもおかしなことだが、小磯のマッサージは、それに比べてはるかに気持ちがいい。痛いところがあったとしたら、その部分こそ、血の流れが滞った悪い箇所。もみほぐしてもらううち、痛み自体が消えないにしても、さほど気にならなくなってくるのは不思議である。痛みを持っていたことを忘れていることもある。痛みを持つ本人の、痛みへの意識の持ち方が、マッサージによって微妙に変わるのだろう。そのあとはきまって深く眠れる。ぐーぐーいびきをかいているらしい。妙なものだと思うが、小磯はそういう経験を授けてくれた。しかしだからといって、小磯を恋うてはいない。しかしだからといって、佐知のように毛嫌いもしていない。なをさんは小磯がわからない。対価として少なからぬ金額のマッサージ代は払うが、好意でやったからと受け取らないこともある。変な男だと思う。言えるのは、小磯が確かに現実を変えていくということ。良い方向へ、痛みのない方向へ、確実に、具体的に、導いてくれるということ。彼はマジシャンのようだ。佐知は彼を疑うけれど、その佐知が、何をなをさんにしてくれたのかと思うと、小磯のように具体的な何かが思い浮かばない。そうして、いや、娘なのだから、何もしなくても、いてくれるだけでよかったのだ、と思い直す。自分の世話を娘にさせるより、娘には娘の人生を歩いてほしい。なをさんはなをさんで、そう思い直しながら生きてきたのだ。そうなると、今度は他人の小磯を自分の老後に利用しているということになる。対価としてお金を払っているのだから、いいじゃないかと思うが、そう割り切れるものではない。佐知が何を言おうとも、最後、どうしても小磯を否定できない。頼りにしていると言うと、佐知が怒るから言わないだけで、実はなをさんは、小磯の存在を、誰よりも頼り、心のよりどころにしていた。

そのなをさんに、ある日、異変が起きた。最初は便秘と腹痛から始まった。それからおりものにどす黒い血液がまざるようになった。やがて食欲がなく、体重が落ちてきた。医者へ通い、下剤や痛み止めを飲んでも、腹痛は消えず、むしろ増すばかり。ついに大学病院を紹介され、そこで受けた検査で子宮体がんの末期と診断が出た。本人を前にして、先生はあと、二、三ヶ月くらいの余命かな、とおっしゃった。なをさんは耳が遠い。なをさんはその医者の残酷な判断を、他人事のような顔で聞いていた。どこまで理解していたかは、そのときそばにいた佐知にもわからなかった。

もちろん寿命はだれにも決められない。余命と言われても、それをはるかに超えて生きる人がいる。もちろん予想外に早く亡くなる場合もあるだろう。二ヶ月、三ヶ月、と言われてみると、二ヶ月なのか、三ヶ月なのか。わかるものなら、はっきりさせてほしいと佐知は思う。だがこの世で、生き物の寿命だけは、ついに誰にも見えない、決められない、さわれない。それは暗黙の了解事項にもなっていて、わずかに「延命措置を取らない」という方法は許されていても、自殺、安楽死という自己決定による死は日本ではタブーになっている。世界では、もっとも早い時期から安楽死を合法化したスイスをはじめとして、いくつかの国や州で、耐え難い痛みがある場合などの要件を満たせば、安楽死が社会的に合法とされている。佐知は健康で、痛みを知らない分、痛みに耐えてなおも生き続けるということに想像力が働かない。だが、死ぬ時期を、自分で決定しても構わないということを考えると、どこかでほっとするのは事実である。

それにしても、ここに至るまで母に痛みはなかったのか。何もなかったのだと母は言う。むしろ、第一関節から折れ曲がった手指や膝の関節が引き起こす痛みのほうが、長くこの人の人生を支配してきた。最後、子宮は黙って肥大化し、周りの臓器を圧迫し、便の通り道を塞ぎ、いつどこの管が破裂してもおかしくはないという事態にこの人を追い込んだ。時限爆弾のような子宮だった。「周囲にも広く転移している、毎日少しずつ放射線をあてていく治療も年齢を考えると限界だと思う、あとはできるかぎり、お母さまの痛みを取るという方向でいきましょう」。医者はそう言い、佐知も納得した。悲しみのような感情はわきあがってこなかった。そうなんだという、真っ正直な納得だけが来た。目の前の風景がぱたぱたと次々倒れていって、免れることなく、順当に母の順番が来た。病院からの帰り道、母は、「そろそろ身じまいが必要だね」と言ったが、その横顔には、いつもとは違う、暗い整い方があった。

総合病院には、末期がん患者を中心とした、患者支援室が設置されている。日を改めて佐知だけが赴き、専属の看護師さんから、今後の療養について、さまざまなアドバイスを受けた。母の場合は、残された日々をできる限りやすらかに過ごすための「緩和ケア」が主体となる。できたら最後は家にいたいと、母はこんな余命宣告がなされる前から言っていた。だがいよいよとなったとき、家族でも支えきれない状況が生じたときのために、緩和ケア専門の病院、いわゆるホスピスにも予約だけはいれておき、まずは本人の希望どおり、家で看ていこうということになった。そもそもホスピスは入所待ちの人が多く、希望してもすぐには入れないそうだ。逆に空きがあり入れる場合でも、キャンセルはいくらでもできるというから、とにかく、予約を入れておくことにした。そういう細かいこと一つとっても、決めないことには前へ進めない。

その後の展開は驚くほど早かった。数日を経たある日、ケアマネージャーさんを筆頭に、地域の訪問医療の先生、看護師さん、福祉用具の方たちなど、医療関係者一同が、なをさんの眠るベッドの周りに集合した。最後の時間を支える人々だ。みな、どこか高揚として、笑い声さえあがった。お祭り前夜のような、独特の明るさと熱気があった。当事者である母は、急に主役がまわってきた「実力派無名女優」といったところだ。化粧をすっかり落とした地味な顔で、しかしどこかしらに威厳を残し、お世話になります、と眼差しだけで頭を下げる。高齢のがんの末期患者が、いったいどのような病状の経過をたどるのか、佐知には見当もつかなかった。

痛み止めが眠気を誘うのか、なをさんは一日のほとんどを、ベッドでうつらうつらしている。束の間目覚めると、まだようやくは、自力でトイレに立つことができたので、柱へつかまりながら用を足す。おむつをうまくはずせず、便器やその周りをだいぶ汚すようになった。あーと佐知は思うが、麦は違って、おばあちゃん、汚していいんだよ、大丈夫だからと天使のような声をかける。そしてある日、ワタシが看取るからと、突如、言い出し治療院通いをやめた。

――小磯さんもこっちへ来てくれるって。

麦にくっついて、再び、小磯もやってくるという。林とはすでに話がついているようだ。おそらく小磯は、人の最期こそ、自分の能力を発揮できる最高のチャンスと考えたのだろう。そういう小磯を麦も疑っていない。佐知は自分が勤めを休職するつもりでいたが、麦がそれを押し留めた。自分が看るという。小磯さんもいるからという。その意志と態度は揺らがず、結局、佐知は休職でなく二ヶ月間の時短勤務を願い出、局長から許しを得た。

――もしもし、そこにいる方、どなた、どなたか、もしもし。

せん妄状態が極まったのか、佐知という名も麦という名も忘れてしまって、ある日、なをさんはそんな言い方をした。

――わたしよ、お母さん、佐知よ。

すると母は「ああ、佐知ね」と、ホッとした表情に戻り、「小磯さんを呼んでくれないかしら」とさりげなく言う。決心したふうでもなかった。もっと軽やかに。「やっぱり小磯さんのマッサージを受けたいのよ」。

――わかった。

――ほら、前によく、遊びにきてくれた人、なんといったたっけ。

――柴山さん？

――そう。その柴山さんと同じようにしてほしいの。苦しくないように。

柴山さんがくださった絵は、結局、佐知が額装することもなく、母の簞笥の横に、上下をセロテープでとめられ、むきだしのまま、はりつけられていた。母はベッドから、それを毎日眺めていた。毒にも薬にも、なぐさめにもならない絵だと、佐知は勝手な思いから遠ざけたが、母は決して否定しなかったし、まさかとは思うが、支えのようにして眺めているらしかった。何が自分を支えているのかを、おそらく人は知らない。それが失われるまでは。失われなければそれがわからないなんて、誰にとっても理不尽な話だと思う。そして柴山さんの絵が、どんな意味と価値を母に与えているのかは、佐知には全くわからなかった。

翌日、小磯が来た。佐知から正式にお願いしたことは一度もないが、麦が言ったのだろう。あるいはすべて、小磯の意志なのだろう。治療院へアルバイトとして通うようになってから、麦は小磯と、直接、連絡をとっては、ひんぱんに電話で話していた。小磯が母と、どんな約束を交わしていたのかは知らない。当人は、口を開け目を閉じ、ミイラのように横たわっているばかりだ。小磯が来たことも認識していない。小磯は少し焦っているようだった。

――なんだよ、なんだよ、もっと早く言えばいいのに。だめだよ、タイミングを逃しちゃ。麦ちゃんに聞いて、飛んできたんだよ。

開口一番、誰にということもなく、叱りつけるような言い方をして、小磯がずかずかと、ベッドのある居間へ入ってきた。弱き者を見つけた時などに、今まで見せつけてきた、彼特有のぎらついた高揚感は、その場では見いだせなかった。彼を取り巻く空間には、むしろ低いエネルギーの充満があった。そのせいで佐知には、母と小磯が一対のものとして感じられた。不思議だった。佐知は娘ながら、はっきりと母に一線を引き、こちら側を歩く健者だった。しかし小磯は、病者との間に線を引くことなく、同じくらいの低いエネルギーを保ちながら同列に並んでいた。

――この間、地域の訪問医療スタッフの方々が来てくださったんです。ご心配なく。

佐知はそんなふうに言い、小磯を遠ざけようとするが、小磯の耳にはまるで入らない。

――ベッドの高さを一番低くして。

いきなり佐知に命じた。電動で動く医療ベッドだったから、さまざまな動きがスイッチ一つで調整できる。佐知は逆らえず、思わずリモコンを手にして、「下がるスイッチ」を押し続ける。うぃーんと静かなうなりをあげて、ベッドが下がり始め、やがてある位置で急に止まった。底が来た。小磯はそれから膝を折り、前がかみになりながら、佐知の母の、腕から上半身、下半身、足へと、静かにマッサージを施し始めた。佐知は見ていた。見ているだけだった。

口を大きく開けた母が、目を閉じたまま、ああ、と息をもらす。絶望している様子はないが、よろこんでいるとも断定はできない。西洋医学を信じないばかりか、むしろ敵対しているような小磯が、次は、この家から医療チームを追い払うように命じるのではないかと佐知は恐れていた。だが小磯は薄く笑って、

——もうすぐ死ぬ人は強い。独特の力で健康な人をひっぱるよ。張り合ったら身がもたない。綱引きするんじゃなくて、同化するんだ。相手が死ぬ間際に引きかえしてくればいい。タイミングは、そのうちわかる。さあ、これでみんな同じ船に乗った。だけど最初から乗っていたんだよ。あんたのお父さんを見送ったときから。

母の枕辺でそんなことを言うが、母にはまるで聞こえていないようだ。小磯の瞳の奥に白い虹のようなものがかかっている。

——ところで鶏たちは元気かい？

元気なようだったが佐知は黙っていた。いつのまにか麦が外から帰ってきていた。鶏小屋を掃除していたのだろう、手にはまだ、ゴム手袋をつけている。そして調子をあわせるように、「ええ、とても元気です。あの鶏たちも乗ってますよね、同じ船に」などと言う。

——そうだ、そうだ、やつらもいたっけ。

小磯に応じて、くっくと笑う麦の声は、庭を歩き回る三羽の地声と聞き分けがつかない。娘を遠い他人に感じながら、わたしはまだ半身だ、と佐知は思った。小磯などについていく気はない。

同じ船だなんて、とんでもないと思う。頭のなかに、黒い濁流が押し寄せて来ていた。抗いようのない黒い水。静かだが、圧倒的で、どこまでもぐいぐいと押してくる。口をあけて眠る母の、その口を閉じさせたい。黒い水が入ってしまう前に。佐知は思わず手を伸ばした。すると小磯がその手を払い、

——だめだよ、長年、口呼吸をしていたんだから。もう治らない。代わりにこれを入れてあげる。

治らないのは、口呼吸でもがんでもあるような言い方をして、黒い固形物をすっと母の口に入れた。佐知にはそれが、乾涸びた蝉に見えた。

——な、なんですか、それ。

驚く佐知に、麦が答える。

——母さん。心配する必要はないわ。口の中で溶けるから。漢方薬を硬く固めたものよ。お祓いにもなるの。悪いものじゃない。おばあちゃんの痛みが少しでも軽くなりますように。祈るわ。

麦はまるで何もかもをわかっているような白い顔で、そんなことを言った。片栗粉のような声だと思った。佐知の知る麦の声ではない。思わず、反発を覚えて心のなかで言った。

〈そんなもので痛みなんかが取れるものですか。まやかしはやめてちょうだい。人の痛みを取るだなんて、なんて傲慢なの。今までの母を見ていればわかるでしょう。散々、痛みで苦しんでき

た。どんな医者も、小磯だって、母の痛みを根本的には取れなかったじゃないの。痛みはね、誤魔化すことができるだけ。そらすことができるだけ。人は最後、そうして痛みのなかで死んでいくのよ。そして当事者以外、どんな想像力をもってしても当人の痛みに達することはできない。代わることもできないの。痛みだけが、人生の真実、痛みだけが……〉

まやかしではない、本当の現実を手に入れたいあまり、佐知は、母や自分を罰するように、痛みだけを引き受けたいと願い、一方で、なんとしても痛みだけはとってほしいと願い、矛盾に裂かれていた。

——おばあちゃん、えらいね。泣き言を言わない。相当痛いはずだよ。

小磯が言った。

——麻薬成分の入った薬で半分、眠っているんですよ。

佐知が言う。

——飲み薬が処方されているの。

——ええ。

——どれくらい。

——アブストラル、オキノーム、フェントステープ。即効性のあるものと時間をかけて効いてくるものとを組み合わせながら、様子を見て、数回服用したり、貼ったりしています。

——どれもがんの末期にはよく使われるものですよ。まあ、薬漬けだね。ほんとはやめてもらいたいが、ぼくもぼくなりの方法で、おばあちゃんを支えるしかない。もう、かなり危い状態です。長くないね。覚悟してくださいよ。

医者は三ヶ月と言ったが、小磯の判断は、もっと切迫したものだった。

14　存在の底の砂

ある夜、なをさんはチョコレート色の体液を吐いた。開いた口のなかから、突如、ゴボゴボッと音を立て、どす黒い液体が周囲に噴き上げた。それは吐く、と言うより逆流だった。溢れだった。佐知は驚き、目を見開いた。母が決壊した。

麦が風呂場に走り、洗面器とタオルを用意し、枕元に広がった汚物を素早く拭き取る。布団のシーツを剝がし、「汚していいんだよ、いくらでも汚しな。おばあちゃん。大丈夫だから」。そんなふうになぐさめ、はげますが、なをさんは、苦悶の表情を固めている。ゴゴゴゴボゴボゴボ。それはどこかで聞いたような音だった。佐知は下水管に穴が空き、そこから汚水が溢れ、あるいは逆流するところを想像した。佐知はそんなことを経験したことがなく、実際の音など聞いたこともないのに、咄嗟にそんなものを思った自分にショックを受けた。人間も、「管」なのだ。ついに下水管なのである。

もうだいぶ遅い時間だったが、佐知は訪問医療をお願いしている医者に電話をかけ、母の様子を手短に伝えた。医者はすぐに行くと言った。待っていると、それより先に、小磯が来た。驚く佐知に、麦が、「ワタシが呼んだ」と言う。小磯はさっとベッド脇に寄り、母の手首の脈を確かめた。それから医療者のようにペンライトを瞳にあてたりした。瞳孔の開き方を見ているのだろうか。

——今、お医者様を呼んだところなんです。

小磯を払い除けたくて、佐知は言うが、小磯の耳にはまるで入らない。

——お母さん、逝きましたよ。

小磯が一息に言った。そして腕時計を見た。「午後九時だね」。

急な、慌ただしい、臨終だった。佐知がまだ飲み込めないでいると、麦がキッチンに立ち、湯を沸かし始めている。何もかもを飲み込んだかのような働きぶりだ。

それからようやく医者が来た。看護師が来た。葬儀社が来た。そばにいる小磯は無言だった。医者は小磯がしたことをなぞるように繰り返し、瞳を確認し、心音を聴いた。そしてご臨終です、と言った。二度目の告知には、佐知も麦も驚かない。医者は死亡診断書を書き、葬儀屋は遺体にドライアイスを敷き詰め、看護師が、「エンジェルケア」と称する最後のケアを遺体に施した。この時麦の沸かした湯が役立った。熱い湯で絞ったタオルを二本。それで遺体をふき清める。もはや本人には熱いも冷たいもない。それは遺された者のための温度である。十二月十五日。佐知は日付を確かめた。寒さが不意に足元から突き上げた。

看護師は帰りぎわ、佐知に白いパレットを手渡した。開いてみると、何色もの口紅やファンデーションが、絵の具のように固められてある。顔立ちの綺麗な母は、いつも化粧を忘れず、口紅もはっきりとした色を好んだ。それを思い出しながら、佐知は、なをさんの顔に、絵を描くように色を置いていく。肌色や赤、ピンク、青。眉を描き、開くことのない瞼に薄く青みを乗せようとしたが、遺体の皮膚が早くも硬直を始めているのか、シワがよれてしまってアイシャドウがうまく乗らなかった。生きているとき、母の皮膚の下には、暗渠《あんきょ》さながら、激しい感情の流れがあった。怒りや悲しみ、喜び、不安。見えなくとも、それらが渦巻き、表情というものを刻々、生み出していた。もう、あの「流れ」を見ることはない。

海が鳴っている。また、嵐が来るのだろうか。

その年の年末は、ひっそりとしたものだった。いつもと変わらないのは、鶏たちばかり。何を見ているのか、あの虚無の目で、狭い庭を、とくとく、たった、とくとく、たったと走り回っていた。押し詰まった頃になって、小磯がやってきた。お経をあげさせてくれという。経典の書かれたつづれ折を持参し、もう何度も詠んでいるらしく、つかえることもない。はんにゃーはーらーみったーじー……というその文句を、佐知も前に母の口から聴いたことがある。

——お世話になりました。

と佐知は言ってみる。小うるさい男だったが、小磯が晩年の母に、わずかな華と居場所をもたらしてくれたのは確かだと思う。

——いやあ、お父さんの時はともかく、おばあちゃんには、何もできなかった。早かったね。予想外だった。いろんな人を見てきたんだ。関係が途切れるってすごいことでさ、死んだ人は、生きてる人の、存在の底の砂をさらっていくんだよ。残された者は、否応なく変わる。

——麦はどうしていますか。

なをさんが死んだ後、麦は以前にもまして、小磯の影響を強く受け、マッサージと東洋医学を学びたいと、家を出て林治療院に住み込みで働いていた。何も知らない娘を完全に人質に取られることになり、もちろん、佐知は反対した。夫が生きていたら黙ってはいない。当然、麦をとめただろう。麦はしかし、全くひるまず、このことは、もう決めたことだし、決まっていることなのだからと、それだけを頑固に繰り返すだけだった。佐知は音を上げた。その時も、小磯はヘラヘラしていた。

〈麦ちゃん自身が学びたいって言ってるんだからさあ、留学させて寄宿舎に入れたつもりで、ここはまあ、あんたも不安だろうけど、子離れと考えたらどうだい？　しばらくは林のところで、

責任持って預かりますよ。ぼくもいることだし〉

あんたがいるってところが危ないいんじゃないのと、佐知は言いかけ、よく知らない林という男もいるところに、娘を捨ててしまった気がした。萎えた。疲れていた。体の芯が、もう、へなへなになっていた。麦に対してか、自分に対してか、勝手に生きろ、という声が、いきなり沸いた。

——麦ちゃんね、とても頑張っていますよ。昼間は助手として、夜は眠いだろうに、本読んだり、林やぼくの講義を聴いたりしてね。

——講義？　どんなことを。

——あんたも来てみる？　心と体のことを学ぶんですよ。我々は何か、神様のようなものを拝むわけじゃない。ただ、光というものを大事に考えている。

小磯は初めて、「我々」という言葉を使った。

——ぼくら人間はね、光を見て、一生を終えるんですよ。光こそが、我々に色を、物の形を見せてくれる。我々は物をダイレクトに見ていると思っているが、そんなものは幻で。光が導く先に、ようやく色や形を捉えているに過ぎない。

佐知にはよくわからない話だ。

——宗教ですか。

——いや、何かの神様を拝んでいるわけじゃない。怖がらなくていいよ。ぼくらはただ、光からエネルギーを受けている。あえて言えば、光を信仰してるんだ。マッサージを通して、人に触れ、人を直し、共に人間らしく生きたいだけなんだから。そのために、生活全部、死ぬそのときまで、丸ごとの単位で変えようってだけなんだから。

——だけど、若い娘が家を出るって、大変なことですよ。麦にはまだ、続けてほしい勉強があるんです。

——それはまあ、世間にあわせた考え方だよね。あんた、あの子の変貌ぶり見たら、びっくりするよ。ものすごい進歩を遂げている。今度、帰しますから、あんたの目で確かめてやってください。それより、心配なのは、あんたのほうだよ。相当、疲れが溜まってる。ぼくはさ、このとおり、マッサージくらいしかできないからね、なんなら、少し揉みましょう。

——え？　今ですか。いいです、やめてください。結構ですよ。

——ほらほら、そういうとこ。そこがあんたの問題だ。他人を撥《は》ね除《の》ける。絶対、自分の陣地に入れない。かたくなになってる。可愛げもない。その緊張感が、そのまま、筋肉に伝わり、体全体を萎縮させるんですよ。そのままじゃ、老けますよ。麦ちゃんも言ってた。母さん、真面目で不器用で、まるで融通が利かないからって。生きるのが、簡単じゃない人だから、助けてあげてくださいってさ。あんたの父親からも母親からも、娘からも、あんたをよろしく、って言われてる。どうするつもり。

佐知はすっかり包囲されたように感じた。

小磯が、近くにあった洗濯物の山の中から、大きなバスタオルを引き抜くと、お借りしますよと言い、それを居間の床に敷いた。

――はい、ここへどうぞ。あんた、首が曲がってる。背中もこわばってる。足に静脈瘤、できかかってる。楽になりなさい。力を抜いて。

佐知のなかで、何かが折れた。横たわると、小磯が奉仕する小人のように、体をこごめてひざまずいていた。

癪にも障るし、この男は好きではない。だが何か、抗えないものがある。それがなんなのか、わかるまで、自分はもう少し、小磯に付き合っていくのだろうか。他人事のように佐知は思った。〈腹這いになって〉と言われ、うつ伏せになる。骨の際に沿って、結構な圧力が加えられていく。小磯の指は太い、いや見たわけではないが、太いと感じる。確信的な力が、上から落ちてきて、体のツボを探っていく。首から背中、太ももへ。途中、〈こりゃあ、ひどいね〉、とか、〈あんまりだよ、これは〉という声が降ってきた。佐知は段々と無口になる。そうして段々と体が温まってきた。〈できたらセーターは脱いだほうがいいな〉。小磯の声だ。確かに厚手のセーターの上からではもみほぐしにくいだろう。ブラウス一枚になった。寒気は感じない。血流が良くなったせいだろうか。〈長いこと、緊張状態にある人の体って、あんたみたいに、こちこちなんだよ。よくがんばってきたじゃない。あ、眠くなったら寝てていいよ〉。嫌いな男の前で、寝られるわけはない。だが次第に緊張が解かれてきて、手足がぽかぽか、あたたかくなってくる。あくびが出る。ふかふか、ふかふか。眠るわけにはいかない。いかない、という意識も、段々と、遠ざかっていくようである。

〈仰向けになって〉と言われ、天井に腹を差し出すと、佐知は急に怖くなった。うつ伏せのほうが、自分をまだ守れる。仰向けになると、自分の体がすきだらけという気がした。

——なあーんでこんなに体が硬くなってるの。硬い、硬い、力抜いて、力抜いて、力抜いて、力、力、力抜いて。

叱りつけるような調子で、小磯の声量がだんだんと大きくなる。確かに自分は、力を入れてこちこちになっている。わかっている。だが、力って、どう、抜いたらいいのだろう。今まで、勉強してきたのは、入れ方ばかり。抜き方を知らない。よく父にも言われた。ゴムだって、強く張り詰めているばかりでは切れてしまうんだよ。けれどその父も、それではどうやって力を抜いたらいいのかは教えてくれなかった。

——どうやったらいいんですか。

小磯は答えず、佐知の腰骨の際を、ひときわ強く、グッと押した。瞬間に指が引き上げられ、その途端、フワッとなった。快感が来た。さきほどの一撃が、最奥まで一瞬にして達した感覚があった。が、快感のありかを小磯などに気づかれてはならない。佐知は目を閉じ、耐えた。耐えた。皮膚の下の感情を読み取られないように。

佐知は頭で、こんなもの、と思った。否定しなければ、自分がバラバラになってしまう。怖かった。小磯の施術で何かが変わってしまうのが。だから、こんなまやかし、と思った。馬鹿馬鹿しい、とも思った。傍の小磯が、小さな、卑しい、小猿のような存在に縮小していくのを感じていた。その猿が、何かをしゃべっている。佐知は返事をしない。それから徐《おもむろ》に両目を開けた。ぱっと撥ね除けると、小磯と自分との間に、ヌメヌメと広がっていた沼が不意に縮小した。何かが起こりそうだったが、未遂に終わった。

——あんた、頑固だね、救われないよ。

小磯は吐き捨てるように言うと、佐知から離れた。小磯は傷ついていたが、佐知のほうも、小磯に見捨てられた気がした。

終章　くたかけ

——ごめんなさいね。膝や腰に痛みが出て、身動きが取れなかったのよ。お線香もあげにいけなくて。

柴山さんが電話の向こうで詫びていた。小磯から、聞いたという。母を一人亡くしてみると、佐知のなかにある母という概念のほうが広がり、柴山さんが自分の母の延長になった。支えなければならないと思う。だが柴山さんが頼りにしているのは、佐知ではなく、小磯のほうなのは、はっきりしていた。柴山さんにとって「息子以上」という小磯が、柴山さんの生活全般を、支えていた。柴山さんは「小磯には頭が上がらない。同じ船に乗ってるから安心」などと言う。同じ船とか、小磯の周辺では、いつも独特の比喩が使われていて、佐知にはずっと違和感がある。

——絵は描いていらっしゃいますか。

——チューブから絵の具を出すのが億劫でね。芸術は体力ね。もう、描けないわ。でも色は喜び。色が、色だけが、私に命をくれる。

柴山さんは、泣きそうな声になっている。いや、電話の向こうで、泣いているのかもしれない。

母の箪笥の横には、最後まで、柴山さんの絵がとめられていたことを佐知は話した。額縁にもついに入れることはなく、ぞんざいな扱いだったかもしれないが、母は絵を描く人を尊敬していて、その絵のことも、母なりに大事にしていた。柴山さんを喜ばそうと思った。だが柴山さんの反応はそっけない。

――ああ、そう。わたくしの絵など、いつでも捨ててくださいな。見てくださって、そばに置いてくださる方があっての、絵なんです。わたくし以外の誰かがそれを生活の一部にして眼差しを注いでくれる。なんてすごいことでしょう。だけど洞門さんはもう、いらっしゃらない。寂しいですわ。わたくしの絵は下手な素人芸で、道楽と思われていました。そのとおりなんです。だからといって、自分だけのために描いていたわけじゃない。こんな素人でも、絵を描く者にとっては、絵を見てくれる人の存在があってこその絵なんですよ。アートはいつも自分以外の誰かを必要とする。そうでしょう？　たくさんいれば商売になります。商売には決してならないわたしの絵も、最後、洞門さんというたった一人の見てくれる人を得た。洞門さんは、自分の生活のなかにわたくしの絵を引き込んでくださった。わたくしにとって描くことは生きることでした。色は喜び。生きる喜びだった。だけど、そろそろおしまいのようです。描きかけの一枚を残して、あとは始末するつもりです。もう描くエネルギーがないの。ぶざまな中断です。仕方ないわね。

佐知のなかに、見たことのない柴山さんの描きかけの絵がありありと浮かんできた。そしてそれが、どこか自分たち人間の姿に思えた。完成された絵などどこにもない。完成された人間もどこにもいない。わたしたちは皆、描きかけの、白を残した未完の絵だ。

夫が死に、両親がいなくなり、麦もいなくなり、佐知は今、一人になった。十分な大人だが、親のない子供になった。なんと薄寒いものだろうか、と佐知は思う。そしてなんという莫大な自由だろう。

蓋が開く、ということがある。一人の人間の蓋が開く。抑えがなくなる。そのことは恐ろしい。驚いても驚き足りない自由な空が、佐知の頭上に広がっていた。何を押さえられてきたのか、と思う。自分でも、何を我慢してきたのかと思う。精神に洪水のようなものが起きて、佐知は決壊した。

この頃、人と話している時、佐知のなかから、自分でも、押さえられないようなものが迸《ほとばし》り出る。喋るのが止まらなくなることがある。気づくと、自分ばかりが喋っていて、相手から、「私、喋ってもいいですか」などと問われたりもする。ハッとして恥じる。もう遅い。今まで、聞き上手などと煽《おだ》てられてきて、自分は控えめな女であり、時にはおとなしすぎて損をしているくらいの自己認識で生きてきた。その自分が変わってしまった。

くっくルウ、ルウルウ、くっく、狂う、ルウルウ、狂う　ルウ。

鶏たちが佐知を驚いた目で見ている。彼らに見つめられている佐知は、人間をやめて鶏の仲間になった気がしている。

小磯からは「いつでも来ていいんだよ」とうるさいくらいに言われていた。「元々はあんたの家だったんだし、娘もいるし」。

変なことを言っている、と佐知は思う。小磯の言う「来ていい」とは、麦がそうしたように、林治療院に住み着くことを意味していた。小磯はバカだ。佐知は思う。人の運命を簡単に変えるようなことを言う。そもそも、来ていい、などと偉そうな言い方をしているその家は、佐知が大家で、林に貸しているだけなのに。だが小磯は、大真面目に、一人暮らしの佐知を案じ、この頃、盛んに、共同生活をすることを提案する。林治療院をゆくゆくは建て増しし、みんなで同じ船に乗ろうという。柴山さんも、麦ちゃんも、あんたも。

いつ、どこから、そんな話になったのか、佐知はいくら考えても、思い出せないのだ。

「鶏の世話はどうするんです、海辺の家を捨てろ、というのですか」。佐知が問うと、小磯は至極、当然と言うように、「鶏はねえ、食べたらいいんですよ。そのために飼ってきたんですから。もう、そろそろかな。彼らは人間のようには長く生きない。持って五、六年。寿命は短いんです。卵もね、その表面をよく観察してご覧なさい。筋が現れたら、老化してきた証拠です。まあそれも一つの節目ですかね。鶏を食ったら、こっちへいらっしゃい」などと言う。
佐知は自分が老化した卵、あるいは鶏に思える。誰かに食べられそうな気がした。くっく、ルウ、ルウ。ルウ。鶏を飼うこととは鶏になることか。

土曜日の朝、腰をかがめて鶏小屋を掃除していると、小磯が玄関でなく、庭のほうから入ってきた。

――ああ、びっくりした。
この頃はいつもそうだ。佐知の休日に、ちょっと立ち寄った、という風情で、小磯はふらっとやってくる。まるで自分の別宅みたいに。佐知はびっくりする。突然だから。ひときわ巨大な鶏がやってきたかに見える。小磯は少しの隙間を見つけると、いつもそこから侵入してきて、油断していると、たちまち、人の生活を水浸しにする。静かな洪水のような男だ。最初は身構え、抵抗の姿勢をとるが、やがて慣れてしまう。慣らされてしまう。その小磯に、佐知は、一人暮らしのこの家で、長く指圧を受けることもある。そのきっかけはいつも曖昧で、佐知のほうからお願いすることはない。なのにいつも、いつの間にか指圧を受けている。お金は取ることもあれば、いい、と言うこともある。しかし仕事の対価を支払わないと、小磯に支配されたように感じ、佐知は紙幣を小磯に押し付ける。しかしこの頃では、そんなことも面倒になってきて、気づくと、小磯の言いなりになっていた。

確かなことは小磯の技術で、それだけは信じていいかもしれないと佐知は思い始めていた。痛みのある場所を的確に探しだす力強い指が、ずぼっ、ずぼっと、体のツボを押していく。佐知の体はふわふわと軽くなる。血が流れる。流れはじめる。

小磯は男であり、佐知は女だが、二人は夫婦のようではなく、兄妹のようでもない。友達でもない。顔なじみ、といったらよいか。顔と顔とが馴染んでいる。絵の具と絵の具が混ざり合うように、いつか、小磯の顔と、佐知の顔が、見分けのつかないくらいに馴染み合い、同じ顔になる、そんなことがあるだろうか。同じ船に乗るということは、そういうことなのではないか。

遠くに見える海の顔が緩んできた。朝起きて、窓を開けると、鶏たちの獣臭さに混ざって、花と樹木のいい匂いがする。春が近くまで来ているようだ。

おとうさん、おかあさん。佐知のなかから子供のような声があがった。

おとうさん、おかあさんのいないせかい
じゆうで、ひろびろとして、あたまのうえに真っ青な空がある
おとうさん、おかあさんのいないせかいを、わたしはずっとねがっていた
ねがいながら、そんな日が来ることを

ほんきで信じてはいませんでした
おとうさん、おかあさんのいないせかい
好きなところへ、いつでもいける
かえってこなくていい
死んでしまってもいい
もうだれも、ほんきでわたしを待っていない
幼いころにおとうさん、おかあさんをうしなったこどもは
どんなにじゆうでさびしかったか
それがいま
ようやく　わかる
終わってしまったものの圧倒的な力が
帯のように波打ちながらわたしに及び
わたしをこのよのふちから突きおとす
だれのこどもでもない、
もう、わたしは。

完全な自由のなかで佐知は震えていた。誰のこどもでもなくなった佐知は、誰かの親であることも放棄していた。もうすっかりいい年になって、佐知はようやく自分のなかの幼年時代が滅びたのを知った。親の死などを知らない鶏たちが、くっ狂う、くっ狂う、と背筋を伸ばし、縦横無尽に荒れ果てた庭を歩き回っている。彼らを食べてしまわないことには、物語が終わらない。しかし、いったいどう、始末したらいいのか。首をはねればいいのか。へし折ればいいのか。そう思うそばから、大丈夫、という声がわく。そうだ、大丈夫だ、小磯がいる。最後はきっと、小磯が手をくだしてくれる。鶏をしめるのは、ぼくに任せなさい。あんたにはできない。だがそばで見ていてくれ。食べるのだから。小磯はそう言った。佐知の眼裏に、血の赤が飛び散る。しめ殺された鶏の肉を、自分は食べることができるだろうか。佐知は思った。だが食べないことには、何も終わらない。始めることもできないだろう。

（完）

初出「季刊文科」七五号（二〇一八年八月）～八六号（二〇二一年十月）

〈著者紹介〉

小池　昌代（こいけ　まさよ）

詩人、小説家。

1959年東京都江東区生まれ。

津田塾大学国際関係学科卒業。

詩集に『永遠に来ないバス』(現代詩花椿賞)、『もっとも官能的な部屋』（高見順賞）、『夜明け前十分』、『ババ、バサラ、サラバ』（小野十三郎賞）、『コルカタ』（萩原朔太郎賞）、『野笑 Noemi』、『赤牛と質量』など。

小説集に『感光生活』、『裁縫師』、『タタド』（表題作で川端康成文学賞）、『ことば汁』、『怪訝山』、『黒蜜』、『弦と響』、『自虐蒲団』、『悪事』、『厩橋』、『たまもの』（泉鏡花文学賞）、『幼年 水の町』、『影を歩く』、『かきがら』など。

エッセイ集に『屋上への誘惑』（講談社エッセイ賞）、『産屋』、『井戸の底に落ちた星』、『詩についての小さなスケッチ』、『黒雲の下で卵をあたためる』など。

絵本に『あの子 THAT BOY』など。

編者として詩のアンソロジー『通勤電車でよむ詩集』、『おめでとう』、『恋愛詩集』など。

『池澤夏樹=個人編集 日本文学全集02』「百人一首」の現代語訳と解説、『ときめき百人一首』なども。

くたかけ

2023年1月26日初版第1刷発行

著　者　小池昌代

発行者　百瀬精一

発行所　鳥影社 (www.choeisha.com)

〒160-0023 東京都新宿区西新宿3-5-12トーカン新宿7F

電話 03-5948-6470, FAX 0120-586-771

〒392-0012 長野県諏訪市四賀229-1（本社・編集室）

電話 0266-53-2903, FAX 0266-58-6771

印刷・製本　モリモト印刷

ISBN978-4-86265-993-4　C0093